Du même auteur chez le même éditeur :

Le dieu des cauchemars, 2004.

Personnages désespérés

COLLECTION ARCANES DIRIGÉE PAR JOËLLE LOSFELD

Titre original : *Desperate Characters*

ISBN : 2-07-078930-6

Paula Fox

Personnages désespérés

Roman

Préface de Jonathan Franzen

Traduit de l'anglais (américain)
par Marie-Hélène Dumas

ÉDITIONS JOËLLE LOSFELD

Sans fin, lire et relire *Personnages désespérés*

À la première lecture, *Personnages désespérés* apparaît comme un roman à suspense. Sophie Bentwood, Brooklynienne de quarante ans, est mordue par un chat errant à qui elle a donné du lait, et, pendant trois jours, elle se demande ce que cette morsure va entraîner pour elle : mourra-t-elle de la rage ? subira-t-elle une série de piqûres dans le ventre ? ou rien du tout ? Ce livre a pour moteur l'épouvante glacée de Sophie. Comme dans les suspenses plus conventionnels, la vie et la mort sont en jeu, et, peut-être aussi, le destin du monde libre. Sophie et son mari Otto représentent une certaine bourgeoisie urbaine née à la fin des années soixante, alors que la civilisation de la plus grande ville du monde libre semble être en train de s'effondrer sous un flot de détritus, de vomi, d'excréments, de vandalisme, de fraude et de haine de classe. Charlie Russel, vieil ami et avocat associé d'Otto, le quitte en lui reprochant violemment son conservatisme. Otto se plaint de ce qu'une cuisine familiale de campagne mal tenue ne lui dit qu'une chose : « Meurs », et en vérité, cela semble être le message qu'il reçoit presque continuellement de son monde qui se transforme. Sophie, pour sa part, oscille entre la crainte et un étrange désir d'être blessée. Elle est terrifiée à l'idée d'une douleur dont elle n'est pas certaine de ne pas la mériter. Elle s'accroche à un univers de privilèges qui en même temps l'étouffe.

Tout au long de cette lecture, page après page, nous sommes accompagnés par les plaisirs de la prose de Paula Fox. Ses phrases sont de petits miracles d'économie et d'originalité, chacune comme un minuscule roman à elle seule. Prenons par exemple celle qui évoque l'instant où le chat mord Sophie :

« Elle sourit en se demandant combien de fois, si cela lui était jamais arrivé, il avait déjà senti le contact d'une main humaine amicale, et elle souriait encore lorsqu'il se dressa sur ses pattes de derrière, puis quand il l'attrapa toutes griffes dehors, elle continua de sourire jusqu'à la seconde où il planta ses dents dans le dos de sa main et se pendit à sa chair de façon qu'elle faillit tomber en avant, frappée de stupeur, et d'horreur, et cependant assez consciente de la présence d'Otto pour étouffer le cri qui montait de sa gorge tandis qu'elle secouait son bras pour l'arracher au cercle de barbelés. »

En traduisant un instant dramatique par une série de gestes – décrits avec une attention précise – Fox fait place ici à chaque facette de la personnalité complexe de Sophie : sa générosité, ses illusions, sa vulnérabilité, et, surtout, la conscience qu'elle a de faire partie d'un couple. *Personnages désespérés* est un de ces rares romans qui font justice aux deux aspects du mariage, à la haine et à l'amour à la fois, à la femme et à l'homme en même temps. Otto aime son épouse. Sophie est du genre à avaler une rasade de whisky un lundi à six heures du matin puis à rincer l'évier en exprimant son dégoût à grands bruits enfantins. Otto est assez méchant pour dire « Bonne chance, mon gars » à son associé qui s'en va, Sophie l'est elle aussi quand elle lui demande pourquoi il a fait ça, Otto se sent alors mortifié, comme Sophie à son tour de l'avoir humilié.

La première fois que j'ai lu *Personnages désespérés*, en 1991, je suis tombé amoureux de ce livre. Il m'a semblé de toute évidence bien meilleur que n'importe quelle autre œuvre des contemporains de Paula Fox, John Updike, Philip Roth ou Saul Bellow. C'était indiscutablement un grand roman. Et parce que je retrouvais mes problèmes conjugaux dans ceux des Bentwood, et parce que ce texte semblait laisser entendre que la peur de la douleur est plus destructive que la douleur elle-même, et parce que je voulais beaucoup croire à cela, je l'ai relu presque immédiatement. J'aurais voulu qu'à cette seconde lecture il puisse vraiment me dire comment il fallait vivre.

Cela n'arriva pas. Le livre devint en fait plus mystérieux – moins une leçon qu'une expérience. Des épaisseurs thématiques et métaphoriques, invisibles auparavant, se mirent à émerger. Mes yeux s'arrêtèrent, entre autres, sur une phrase qui décrivait l'arrivée de l'aube dans un salon : « Les objets, dont les contours commençaient à se durcir dans le jour naissant, jetaient une ombre menaçante, totémique. » À la nouvelle lumière de ma seconde lecture, je vis, de la même façon, se durcir les contours de tous les objets évoqués dans ces pages. Les foies de volaille, par exemple, sont présentés dans le premier paragraphe de l'ouvrage comme un mets de choix, pièce maîtresse d'un dîner élaboré –

essence de la civilisation du monde ancien. (« Tu prends un matériau brut et tu le transformes, dit bien plus tard un gauchiste qui s'appelle Leon. C'est ça, la civilisation. ») Vingt-quatre heures plus tard, après que le chat a mordu Sophie et qu'Otto et elle ont décidé de l'attaquer à leur tour, les restes de foies sont transformés en appât qui permettra de capturer et de tuer un animal sauvage. La viande cuite symbolise, une fois de plus, la civilisation ; mais comme cette dernière nous apparaît maintenant une chose bien plus violente ! On peut aussi suivre le thème de la nourriture dans une autre direction ; regardez Sophie, abattue, un samedi matin, essayer de se remonter le moral en investissant dans un ustensile de cuisine. Elle va au Bazar Provençal s'acheter une poêle à frire, pilier d'un « idéal domestique un peu brumeux » de culture et de confort français. La scène se termine sur la vendeuse qui lève les mains au ciel, comme pour « se protéger d'un mauvais sort », et Sophie qui s'enfuit avec un achat presque comiquement emblématique de son désespoir : un sablier pour les œufs à la coque.

Dans cette scène, sa main saigne, pourtant le premier réflexe de Sophie est de le nier. La troisième fois que j'ai lu *Personnages désespérés* – je l'avais mis au programme d'un de mes ateliers d'écriture – j'ai commencé à porter plus d'attention à ces dénégations. Sophie les énonce à peu près continuellement d'un bout à l'autre du livre : « Ça va », « Ce n'est rien », « Non, vraiment, ce n'est rien », « Parlons d'autre chose », « CE CHAT N'ÉTAIT PAS MALADE ! », « C'est une morsure, rien qu'une morsure », « Je ne vais pas me précipiter à l'hôpital comme ça, ce serait trop bête », « Ce n'est rien », « Ça va beaucoup mieux », « Il ne se passera rien ». Ces dénégations répétées reflètent la structure qui sous-tend le roman : Sophie fuit d'un havre potentiel à un autre, dont aucun ne réussit à la protéger. Elle va à une fête avec Otto, elle part subrepticement avec Charlie, elle s'offre un cadeau, cherche du réconfort auprès de vieux amis, se tourne vers la femme de Charlie, essaye d'appeler son ancien amant, accepte d'aller à l'hôpital, attrape le chat, se met au lit, tente de lire un roman français, s'enfuit dans sa chère maison de campagne, pense à aller vivre sur un autre fuseau horaire, envisage d'adopter des enfants, détruit une vieille amitié : rien ne la soulage. Son dernier espoir est d'écrire à sa mère et de lui raconter comment elle s'est fait mordre en cherchant à « faire résonner la note exacte qui provoquerait le dédain et l'hilarité de la vieille dame » – en d'autres mots, à transformer son malheur en art. Mais Otto lance sa bouteille d'encre contre le mur.

Que fuit Sophie ? La quatrième fois que j'ai lu *Personnages désespérés*, j'espérais trouver une réponse. Je voulais enfin savoir si l'explosion qui secoue la vie des Bentwood à la dernière page du livre est une bonne ou une mauvaise chose. Je voulais « comprendre » la scène finale. Mais je ne l'ai toujours pas comprise. Je me suis consolé en me disant que la bonne fiction se définit, en grande partie, par son refus d'offrir les réponses simplistes de l'idéologie, les remèdes d'une culture thérapeutique ou les douces solutions des rêves offerts par les loisirs de masse. C'était peut-être moins les réponses que la persistance des questions qui caractérisaient ce livre. Je fus frappé par la ressemblance de Sophie avec Hamlet – autre personnage maladivement conscient qui reçoit un message troublant et ambigu, souffre les pires tourments en essayant de savoir ce que ce message signifie, se remet finalement entre les mains d'une « divinité » providentielle et accepte son destin. Pour Sophie Bentwood, le message ambigu n'est pas délivré par un fantôme, mais par une morsure de chat, et sa souffrance a moins à voir avec l'incertitude qu'avec le non-désir d'affronter la réalité. Lorsque, presque à la fin, elle s'écrie « Mon Dieu, si j'ai la rage, je suis semblable au monde qui m'entoure », il ne s'agit pas d'une révélation. Mais d'un soulagement.

Le fait qu'un livre soit épuisé, même pendant peu de temps, peut mettre à l'épreuve l'amour du plus dévoué de ses lecteurs. De la même manière qu'un homme peut regretter chez sa femme certains maniérismes timides qui voilent sa beauté, ou qu'une femme peut souhaiter ne pas entendre son mari rire si fort aux plaisanteries qu'il fait, même si elles sont très drôles, j'ai souffert des minuscules imperfections qui pouvaient déplaire aux lecteurs potentiels de *Personnages désespérés*. Je pense à la raideur et au caractère impersonnel du premier paragraphe, à l'austérité de la première phrase, au mot « mets » qui sonne désagréablement. Parce que j'aime ce livre, j'apprécie maintenant comment l'aspect formel et arrêté de ce passage campe le dialogue qui suit et s'ouvre sur une phrase courte et simple (« Le chat est revenu »), mais je me demande si ce mot, « mets », ne risque pas d'empêcher certains lecteurs d'aller même jusque-là. Ou si le nom, « Otto Bentwood », ne pose pas un problème à la première lecture. Fox choisit généralement avec beaucoup de soin les noms de ses personnages – « Russel », par exemple, sonne bien comme l'énergie furtive et agitée de Charlie (Otto le soupçonne de lui voler des clients, « rustling » en anglais) et, exactement de la même façon qu'il manque quelque chose à Charlie, un deuxième « l » manque à son patronyme. J'admire sincèrement la façon dont le prénom passé de mode et vaguement teuton d'« Otto » pèse sur le personnage, ainsi que son goût compulsif de l'ordre ; mais, même après plusieurs lectures, « Bentwood » (« bois fléchi ») reste, dans la mesure où il évoque pour moi l'art des bonsaïs, un peu artificiel. Enfin, il y a le titre. Il est très juste, mais ce n'est pas *The Day of the Locust*[1], ni *Gatsby le magnifique*, ni *Absalon, Absalon !* C'est un titre que les gens peuvent oublier ou confondre avec d'autres. Parfois, lorsque je le souhaite plus fort, je me sens envahi par l'étrange solitude d'un être empêtré dans les liens du mariage.

Les années ont passé, et j'ai continué à me plonger de temps à autre dans *Personnages désespérés*, cherchant bien-être et réconfort dans la beauté familière de certaines de ses pages. Maintenant, pourtant, en le relisant dans son entier, je suis ébahi de voir que ce livre a gardé pour moi toute sa fraîcheur, toute son étrangeté. Je n'avais, par exemple, jamais accordé d'attention à ce que raconte Otto, vers la fin du livre, à propos de Cynthia Cornfeld et de son mari, l'artiste anarchiste. Je n'avais jamais remarqué que la salade composée de morceaux de gelée et de pièces de monnaie tourne en

1. Nathanael West, traduit en français sous le titre *L'incendie de Los Angeles*, Éditions du Seuil, 1984. *(Les notes sont de la traductrice.)*

dérision le lien établi par les Bentwood entre la nourriture et les notions de privilège et de civilisation, ni comment l'idée de ces machines à écrire détruites et reconstituées de façon à égrener des phrases incompréhensibles annonce l'image sur laquelle se ferme le roman, ni comment cette anecdote met en lumière le contexte dans lequel il faut lire *Personnages désespérés*, celui d'une scène de l'art contemporain qui a pour but la destruction de l'ordre et du sens. Quant à Charlie Russel – l'avais-je jamais vraiment vu, avant aujourd'hui ? Lors de mes premières lectures, il est resté pour moi le traître de base, l'homme insigne qui retourne sa veste. Il m'apparaît maintenant comme un personnage aussi important que le chat. Il est le seul ami d'Otto ; son coup de téléphone accélère la crise finale ; c'est de lui que vient la citation qui donne son titre au livre ; et il énonce sur les Bentwood un verdict – « les gens… qui ne savent rien faire d'autre que se regarder tristement le nombril pendant qu'on est en train de saper leurs privilèges » – qui semble sinistrement exact.

Ces derniers temps, cependant, je ne suis plus certain de vouloir en savoir plus. De même que Sophie et Otto souffrent de trop bien se connaître, je souffre de la connaissance trop profonde que j'ai de *Personnages désespérés*. Mes soulignages et annotations en marge partent dans tous les sens. Lors de ma dernière lecture, j'ai découvert et inscrit comme vitales et centrales un nombre énorme d'images concernant l'ordre et le chaos, l'enfance et l'âge adulte et laissées de côté jusque-là. Parce que ce livre est court, et parce que je l'ai lu une demi-douzaine de fois, j'en arrive au point où *chacune de ses phrases* se détache, indispensable, fondamentale.

Cette extraordinaire richesse témoigne, bien entendu, du génie de Paula Fox. Il est pratiquement impossible de trouver dans ce livre ne serait-ce qu'un mot arbitraire ou accessoire. Une telle rigueur et une telle densité thématique n'arrivent pas par hasard, et pourtant il est presque impossible à un écrivain d'y atteindre tout en restant assez détendu pour permettre aux personnages de prendre vie, et pourtant il y a ce roman, qui se détache loin au-dessus de tout autre œuvre de fiction réaliste écrite depuis la Seconde Guerre mondiale.

L'ironie veut cependant que, plus je saisis l'importance de chaque phrase en particulier, et moins je réussis à dégager la grande idée générale à laquelle servent peut-être toutes ces significations particulières. On se trouve finalement confronté à l'horreur d'une surcharge de sens. Quelque chose d'assez semblable, comme le dit Melville dans « La blancheur de la baleine » de *Moby Dick*, à l'éblouissement d'une totale absence de sens. Traquer, déchiffrer et organiser tout ce qu'il y a de significatif dans la vie peut la noyer, et, dans *Personnages désespérés*, le lecteur n'est pas seul à sombrer. Les Bentwood sont des créatures hautement cultivées, absolument modernes. Leur malédiction, c'est de pouvoir se lire eux-mêmes comme des textes littéraires débordants de significations qui se chevauchent. Au fur et à mesure que se déroule ce week-end de la fin de l'hiver, ils se sentent de plus en plus oppressés, puis submergés, par la façon dont les paroles les plus banales et les incidents les plus minimes leur paraissent comme de mauvais présages. Ainsi, le suspense formidable de ce livre ne provient pas seulement de la terreur que ressent Sophie, ni de la manière dont Fox ferme une à une toutes ses voies d'évasion, ni du parallèle établi entre la crise qui se produit au sein d'un mariage, celle qui oppose deux associés et celle qui ébranle la vie urbaine américaine. Plus que de tout autre chose, ce suspense est le résultat de la lente montée d'une vague écrasante de sens littéraire. Sophie invoque la rage comme métaphore de son tourment émotionnel et politique, et, même lorsqu'il s'effondre et crie son désespoir, Otto ne peut s'empêcher de « citer » (au sens post-moderne du terme) la conversation qu'il a eue avec Sophie à propos de Thoreau, faisant ainsi remonter tous les autres dialogues et sujets de conversation du week-end, en particulier la réaction de Charlie à propos du « désespoir ». Si terrible soit-il d'être désespéré, il est encore pire de l'être tout en ayant conscience de l'importance vitale de la loi, de l'ordre, du privilège et de l'interprétation de Thoreau, questions publiques qui sont incluses dans votre désespoir personnel, et d'avoir l'impression qu'en vous effondrant vous donnez raison à une nation entière de Charlie Russel. Quand Sophie déclare qu'elle aimerait avoir la rage, ou quand Otto brise la bouteille d'encre, ils se révoltent tous deux contre la sensation insupportable, presque meurtrière, de l'importance de leurs paroles et de leurs pensées. Il n'est pas très surprenant que les dernières actions qui se déroulent dans ce livre soient silencieuses – Sophie et Otto ont « cessé d'écouter » les mots qui se déversent du téléphone – et que ce qui est écrit à l'encre sur le mur vers lequel ils se tournent lentement pour lire ne soit qu'une tache pleine de violence muette. À peine Fox a-t-elle merveilleusement réussi à trouver un ordre aux non-événements de ce week-end d'hiver, qu'avec le geste parfait, elle répudie cet ordre.

Personnages désespérés est un roman en révolte contre sa propre perfection. Les questions qu'il soulève sont radicales et désagréables. À quoi sert le sens – et en particulier le sens littéraire – dans un monde moderne enragé ? Pourquoi se donner le mal de créer et de préserver l'ordre, si la civilisation est à tous points de vue aussi assassine que l'anarchie qu'on lui oppose ? Pourquoi ne pas être enragé ? Pourquoi nous tourmenter avec des livres ? En relisant *Personnages désespérés* pour la sixième ou septième fois, je sens monter une vague de rage et de frustration devant ses mystères, les paradoxes de la civilisation et l'insuffisance de mon cerveau, alors, comme si cela tombait du ciel, je comprends vraiment la fin – je ressens ce qu'Otto Bentwood ressent quand il jette la bouteille d'encre contre le mur – et soudain j'en suis de nouveau tout à fait amoureux.

Jonathan Franzen, janvier 1999

1

Mr et Mrs Otto Bentwood tirèrent leurs chaises en même temps. Tout en s'asseyant, Otto considéra avec attention les tranches de pain français dans la corbeille de paille, les foies de volaille sautés dans la cocotte en terre, les tomates pelées et coupées en rondelles dans le plat ovale en porcelaine chinoise que Sophie avait trouvé chez un antiquaire de Brooklyn Heights, et le *risotto* à la milanaise dans le saladier de céramique verte. Une forte lumière, quelque peu adoucie par le verre teinté d'un abat-jour Tiffany, tombait sur ces mets. À un peu plus d'un mètre de la table de la salle à manger, une tache oblongue de blanc, reflet d'un tube fluorescent placé au-dessus de l'évier en aluminium, marquait sur le sol l'entrée de la cuisine. Les anciennes portes coulissantes, qui avaient autrefois séparé les deux pièces du rez-de-chaussée, avaient été supprimées depuis longtemps, de sorte qu'en se tournant légèrement les Bentwood pouvaient apercevoir, à l'autre bout de leur salon, le demi-globe blanc d'un lampadaire toujours allumé à cette heure-là, et, s'ils le désiraient, contempler les vieilles lattes du plancher de cèdre, une bibliothèque qui contenait, parmi d'autres volumes, les œuvres complètes de Goethe et deux rayons de poésie française, puis le coin très soigneusement ciré d'un secrétaire victorien.

Otto déplia posément une grande serviette de toile.

« Le chat est revenu, dit Sophie.

— Ça t'étonne ? demanda Otto. Mais qu'est-ce que tu croyais ? »

Sophie regarda par-dessus l'épaule d'Otto, vers la porte-fenêtre qui donnait sur une petite terrasse en bois, suspendue au-dessus de la cour comme un nid de corbeau. Le chat frottait son corps famélique et peu soigné contre le bas de la porte avec une douce insistance. Il avait le poil gris, du gris des lichens, et vaguement rayé. Sa tête était massive, une vraie citrouille, toute en mâchoires, saugrenue et grotesque.

« Arrête de le regarder, dit Otto. Tu n'aurais jamais dû lui donner à manger.

— Tu as peut-être raison.

— Il faut appeler la SPA.

— Pauvre bête.

— Il se débrouille très bien. Tous ces chats s'en sortent très bien.

— Peut-être que leur survie dépend de gens comme moi.

— Ils sont bons, ces foies de volaille, dit-il. Je ne vois pas en quoi il faut que ces animaux survivent. »

Le chat se jeta contre la porte.

« Ne fais pas attention à lui, dit Otto. Tu ne veux quand même pas que tous les chats de Brooklyn viennent guetter leur pitance devant ta véranda ? Pense au jardin ! L'autre jour, j'en ai vu un qui attrapait un oiseau. Ce ne sont pas de gentils chatons, tu sais. Mais de vraies brutes.

— Tu as vu comme il fait encore clair ?

— Les jours allongent. J'espère que les gens du coin ne

vont pas recommencer, avec leurs fichus bongos. Peut-être qu'il va pleuvoir, comme au printemps dernier.

— Tu voudras du café ?

— Du thé. La pluie les enferme chez eux.

— Le temps ne sera pas forcément de ton côté, Otto ! »

Il sourit.

« Si, sûrement. »

Elle ne répondit pas à son sourire. Quand elle alla dans la cuisine, Otto se tourna aussitôt vers la porte. À cet instant, le chat cogna de la tête contre la vitre. « Affreux bâtard ! » murmura Otto. Le chat le regarda, puis ses yeux se détournèrent, en un éclair. Otto sentait la maison autour de lui, puissamment solide, et cette sensation était comme une main fermement posée au creux de ses reins. De l'autre côté de la cour, au-delà de l'agitation mouvementée du chat, il voyait les fenêtres de derrière des maisons de la rue pauvre. Certaines étaient tendues de chiffons, d'autres de plastique transparent. D'un rebord, pendait une couverture bleue. Elle avait en son milieu une longue déchirure par laquelle il apercevait le rose passé du mur de briques. Son bord effiloché effleurait le haut d'une porte qui s'ouvrit juste au moment où Otto allait se retourner. D'un coup d'épaule, une grosse vieille en peignoir de bain se fraya un chemin jusqu'à la cour et vida à même le sol un grand sac en papier. Elle contempla un instant ses ordures, puis rentra d'un pas traînant. Sophie revint, avec les tasses et les soucoupes.

« J'ai rencontré Bullin, dans la rue, dit Otto. Il m'a dit que deux autres maisons avaient été vendues, par là-bas. » Il fit un geste de la main en direction des fenêtres de derrière. Du coin de l'œil, il vit le chat sauter, comme s'il lui avait tendu quelque chose.

« Qu'est-ce qui arrive à ceux qui habitent ces maisons,

quand elles sont vendues ? Où vont-ils ? Je me le suis toujours demandé.

— Je ne sais pas. Il y a trop de gens partout.

— Qui est-ce qui les a achetées ?

— Un courageux pionnier de Wall Street. Et l'autre, je crois, est un peintre qui a été expulsé du loft qu'il louait sur Lower Broadway.

— Pas besoin d'être courageux pour ça, il suffit d'avoir de l'argent.

— Le riz est merveilleux, Sophie.

— Regarde ! Il s'est lové sur le rebord. Comment peut-il tenir dans un espace aussi minuscule ?

— Ils sont comme les serpents.

— Otto, je vais juste lui donner un petit peu de lait. Je sais que je n'aurais jamais dû commencer à le nourrir. Mais maintenant, il est là. Et nous partons pour Flynders en juin. Quand nous reviendrons, il aura trouvé quelqu'un d'autre.

— Pourquoi est-ce que tu t'obstines ? Tu t'écoutes trop, Sophie. D'ailleurs tu viens de le dire : dès que tu n'auras plus sous les yeux cette bête affamée, tu n'y penseras même pas. Et cette sale bonne femme qui vient de balancer sa poubelle du soir, pourquoi est-ce que le chat ne va pas manger là-bas ?

— Je me fiche de savoir pourquoi je le fais, répondit Sophie. La seule chose qui compte, c'est que je ne supporte pas de le voir mourir de faim.

— À quelle heure devons-nous être chez les Holstein ?

— Vers neuf heures », dit-elle en allant à la porte avec une soucoupe de lait. Elle tendit la main, et mit dans la serrure une petite clé qu'elle avait prise sur une traverse au-dessus du châssis. Puis elle tourna la poignée de cuivre.

Immédiatement le chat miaula, et se mit à laper le lait. On entendait, provenant des maisons voisines, un léger fracas d'assiettes et de casseroles raclées, ainsi que le murmure des radios et des télévisions, mais dans un tel brouhaha général qu'il était difficile de différencier ces bruits les uns des autres.

L'énorme tête de l'animal pendait au-dessus de la petite assiette de porcelaine allemande. Sophie se pencha et passa la main sur le dos de la bête, qui frémit sous ses doigts.

« Rentre et ferme la porte ! Il fait froid maintenant », se plaignit Otto.

Le jappement angoissé d'un chien troubla soudain la surface tranquille du bourdonnement nocturne.

« Seigneur, s'exclama Otto. Mais qu'est-ce qu'ils lui font ?

— Les catholiques pensent que les animaux n'ont pas d'âme, dit Sophie.

— Ce ne sont pas des catholiques. Qu'est-ce que tu racontes ? Ils vont tous dans cette *iglesia* pentecôtiste en haut de la rue. »

Le chat se nettoyait les moustaches. Sophie le caressa à nouveau, jusqu'à ce que ses doigts rencontrent sous la fourrure le coude aigu de la queue relevée. La colonne vertébrale de l'animal se souleva convulsivement pour se presser contre sa paume. Elle sourit en se demandant combien de fois, si cela lui était jamais arrivé, il avait déjà senti le contact d'une main humaine amicale, et elle souriait encore lorsqu'il se dressa sur ses pattes de derrière, puis quand il l'attrapa toutes griffes dehors, elle continua de sourire jusqu'à la seconde où il planta ses dents dans le dos de sa main et se pendit à sa chair de façon qu'elle faillit tomber en avant, frappée de stupeur, et d'horreur, et cependant assez consciente de la présence d'Otto pour étouffer le cri qui montait de sa gorge tandis qu'elle secouait son bras pour l'arracher au cercle de barbelés. Elle repoussa le chat de l'autre main, et alors que la sueur perlait sur son front, que les fourmillements l'envahissaient et que son corps se crispait, elle dit au chat : « Non, non, arrête ! », comme s'il n'avait rien fait d'autre que quémander de la nourriture, et elle fut étonnée d'entendre avec quelle voix calme elle venait de parler, en pleine douleur et désarroi. Puis, d'un seul coup, les griffes la lâchèrent et volèrent en arrière comme pour attaquer encore, mais finalement la bête se retourna – on aurait dit sans toucher terre –, bondit hors de la véranda, et disparut en contrebas, parmi les ombres de la cour.

« Qu'est-ce qui se passe, Sophie ?

— Rien, répondit-elle. Je vais aller chercher le thé. » Elle referma la porte et se faufila dans la cuisine, le dos tourné. Son cœur battait à grands coups. Elle essaya de respirer à fond pour réprimer ce bruit sourd et s'interrogea au passage sur la honte qu'elle ressentait – comme si elle avait été surprise en train de commettre un acte méprisable.

Debout devant l'évier, les poings serrés, elle se dit : « Ce n'est rien. » Une longue éraflure rouge suintait doucement à la base de son pouce, mais du sang ruisselait de la morsure. Elle ouvrit le robinet. Ses mains semblaient exsangues ; les petites marques brunes comme des taches de son qui avaient commencé à apparaître cet hiver-là étaient livides. Elle se pencha au-dessus de l'évier, en se demandant si elle allait s'évanouir. Puis elle se lava les mains avec le savon jaune de la cuisine. Elle lécha sa peau, qui avait un goût de savon et de sang, et couvrit la morsure d'un morceau d'essuie-tout.

Quand elle revint avec le thé, Otto feuilletait des dossiers juridiques à couvertures bleues. Il leva les yeux vers elle, elle lui renvoya un regard plein de calme apparent, et plaça ensuite de la main droite sa tasse devant lui, en tenant la gauche contre elle hors de vue de son mari. Il semblait cependant légèrement intrigué, comme s'il avait entendu un bruit qu'il ne pouvait identifier. Elle coupa court à toute question en lui demandant très vite s'il désirait un fruit. Il répondit que non, et l'instant passa.

« Tu as laissé la porte ouverte. Il faut la fermer à clé, Sophie, sinon elle va encore s'ouvrir. »

Elle alla refermer à clé. Vit la soucoupe à travers la vitre. Quelques taches de suie la salissaient déjà. Elle avait arrêté de fumer à l'automne, et se demandait si ça servait vraiment à quelque chose. Je ne peux pas la rouvrir, se dit-elle.

« C'est fait, dit Otto. C'est enfin fait.

— Qu'est-ce qui est fait ?

— Sourde Sophie. En fait, tu ne m'écoutes plus. Charlie est parti aujourd'hui, il s'est installé dans son nouveau bureau. Il ne m'avait même pas dit qu'il avait trouvé quelque chose. Il me l'a annoncé ce matin. Il a expliqué qu'il voulait une rupture franche. "Je pourrai t'appeler, si j'ai besoin de certains dossiers ?" Voilà ce qu'il m'a demandé. Rien qu'en posant cette question, il sous-entend qu'il y a de fortes chances pour que je me montre déraisonnable. »

Elle s'assit, la main gauche sur les genoux.

« Tu ne m'as jamais beaucoup parlé de tout ça, dit-elle.

— Il n'y a pas grand-chose à raconter. Cette année, nous ne sommes pas une seule fois tombés d'accord, pas une seule fois. Quand je disais qu'il allait pleuvoir, Charlie tirait sur sa lèvre inférieure et répondait que non, il ne pleuvrait pas. Il avait lu attentivement la météo et pensait que nous aurions une belle journée, bien dégagée. Je devrais savoir depuis longtemps que les gens ne changent pas. J'ai fait toute les petites concessions que je pouvais.

— Vous êtes ensemble depuis si longtemps. Pourquoi en arriver là, maintenant ?

— Je n'apprécie pas ses nouvelles relations, je veux dire les clients. Je sais que ça s'est toujours passé comme ça. Je me tapais la part la plus ennuyeuse du boulot, pendant que Charlie faisait le joli cœur et se servait de son charme pour séduire tout le monde. Son grand truc consiste à nier que la loi est tout sauf une cruelle plaisanterie, et ça marche avec des tas de gens.

— Ça va être dur de ne plus les voir. Tu ne crois pas ? Ruth et moi n'avons jamais été très proches, mais on s'entendait quand même pas mal. Comment est-ce qu'on peut simplement arrêter de voir des gens ? Et le bateau ?

— On ne les voit plus, c'est tout. Ça a été trop pénible, cet hiver. Tu ne peux pas imaginer ce qui se passait dans la salle d'attente, une armée de mendiants. Il m'a dit aujourd'hui que certains de nos clients étaient intimidés par le caractère imposant de nos bureaux, et qu'ils seraient plus à l'aise là où il va. Puis il a ajouté que j'allais me racornir et disparaître si je ne me mettais pas, ce sont ses mots, au diapason du monde. Seigneur ! Si tu entendais ça ! Il parle comme s'il avait été canonisé ! Un de ses clients a traité notre réceptionniste de raciste parce qu'elle lui demandait de se servir d'un cendrier et de ne pas écraser son mégot sur le tapis. Et aujourd'hui, deux types, on aurait dit des espions de bande dessinée, l'ont aidé à faire ses foutus cartons. Non, nous ne les verrons plus, et il peut garder le bateau. Je n'ai jamais tellement aimé cela. En réalité, c'est juste un souci de plus. »

Une douleur lancinante fit tressaillir Sophie. Otto fronça les sourcils et elle vit qu'il croyait que ce qu'il venait de dire lui avait déplu. Elle allait tout lui raconter, autant le faire maintenant. L'histoire du chat n'était qu'un incident stupide. Une demi-heure plus tard, elle avait du mal à comprendre la terreur qui s'était emparée d'elle, et la honte.

« Le chat m'a griffée », dit-elle. Il se leva tout de suite, fit le tour de la table pour la rejoindre.

« Montre-moi. »

Elle tendit sa main. Elle avait mal. Il l'effleura délicatement, le visage plein de sollicitude. L'idée qu'il ne se montrait aussi compréhensif que parce que l'animal lui avait donné raison traversa l'esprit de Sophie. Ne lui avait-il pas dit de s'en méfier ?

« Tu l'as nettoyé ? Tu as mis quelque chose dessus ?

— Oui, oui, répondit-elle impatiemment en regardant la tache rouge qui s'étendait sur l'essuie-tout et en se disant que dès que le sang s'arrêterait tout cela serait fini.

— Eh bien, je suis désolée, ma chérie. Mais lui donner à manger n'était pas une bonne idée.

— Non, c'est vrai.

— Ça te fait mal ?

— Un petit peu. Comme une piqûre d'insecte.

— Repose-toi un moment. Lis le journal. »

Il débarrassa la table, mit la vaisselle dans le lave-vaisselle, transvasa les foies de volaille dans un bol et fit tremper la cocotte. Tout en allant et venant, il jetait des coups d'œil vers Sophie, assise très droite, le journal sur les genoux. Il se sentait étrangement touché par cette immobilité inhabituelle. Elle semblait écouter quelque chose, et attendre.

Sophie resta ainsi dans le salon, les yeux fixes, sans tourner les pages. Elle commençait à avoir des élancements. Ce n'est qu'une main, se dit-elle, pourtant le reste de son corps paraissait concerné, elle ne comprenait pas comment. C'était comme si elle avait été blessée de façon vitale.

Otto revint dans le salon. « Qu'est-ce que tu mets ce soir ? demanda-t-il d'un ton enjoué.

— Ma robe de chez Pucci, répondit-elle, même si j'ai trop

grossi pour qu'elle m'aille vraiment. » Elle se leva. « Pourquoi est-ce qu'il m'a mordu, Otto ? J'étais en train de le caresser.

— Je croyais qu'il t'avait juste griffée.

— Oui, enfin c'est pareil… Mais pourquoi est-ce qu'il m'a attaquée comme ça ? » Ils se dirigèrent vers l'escalier. La rampe d'acajou luisait dans la douce lumière jaune d'un globe de style victorien en verre bullé qui pendait du plafond. Otto et elle avaient travaillé une semaine à décaper l'ancienne peinture noire de la rampe. C'était la première chose qu'ils avaient faite ensemble après avoir acheté la maison.

« Parce qu'il est sauvage, dit-il. Parce que la seule chose qu'il attendait de toi, c'était de la nourriture. » Il posa le pied sur la première marche et dit, comme pour lui-même : « Je serai bien mieux tout seul.

— Tu as toujours eu tes propres clients, répondit-elle d'un ton irrité, tout en serrant et desserrant son poing blessé. Je ne vois pas pourquoi vous ne pouviez pas continuer ensemble.

— Tout ce cinéma… Je n'arrive pas à vivre avec ça. Et il ne lâchait jamais l'affaire. Si je n'étais pas avec lui, j'étais contre lui. Je ne veux pas dire qu'il n'y a pas de causes à défendre. Ni qu'il existe de justice dans ce monde. Mais je connais Charlie. Il se sert de ces gens et de leurs causes. Il veut juste être dans le coup. Et moi je ne veux vraiment pas l'être. Oh… il était temps que tout cela finisse. Nous ne pouvions plus rien l'un pour l'autre. La vérité, c'est que je ne l'aime plus.

— Je me demande ce qu'il ressent.

— Il se prend pour Paul Muni, défenseur de la veuve et de l'orphelin. Ce genre d'avocat n'existe pas. Tu te souviens ? Tous ces films des années trente ? Les jeunes médecins et juristes qui partaient dans la cambrousse prêcher la bonne parole devant les culs-terreux.

— Paul Muni ! Charlie a raison, dit-elle, tu t'es presque trompé de siècle.

— C'est vrai.

— Mais Charlie n'est pas un mauvais homme ! s'exclama-t-elle.

— Je n'ai pas dit qu'il l'était. Il est irresponsable, prétentieux et hystérique. Le bien et le mal n'ont rien à voir là-dedans.

— Irresponsable ! Comment est-ce que tu peux dire ça !

— Tais-toi », dit Otto. Il la prit dans ses bras.

« Attention, s'écria-t-elle. Je vais te mettre du sang ! »

2

À quelques pas de la dernière marche, Otto s'arrêta et se retourna pour regarder derrière lui, comme il le faisait toujours. Quelque chose l'y poussait. Il aurait voulu ouvrir d'un grand coup la porte qu'il venait de refermer à clé, afin de surprendre la maison vide. C'était un peu, se disait-il, comme vouloir avoir tous ses sens le jour de son propre enterrement.

À une ou deux exceptions près, dans le bloc où vivaient les Bentwood, il n'y avait qu'une seule famille par maison. Toutes avaient été construites pendant le dernier tiers du XIXe siècle, en brique ou en grès brun. Là où les briques avaient été nettoyées, une luminosité rose crayeuse dégageait une atmosphère d'antique sérénité. Les fenêtres des salons qui donnaient sur la rue étaient, pour la plupart, équipées de volets blancs. Quand les propriétaires n'avaient pas encore pu s'en offrir, des morceaux de tissu dissimulaient la vie qui se déroulait derrière les vitres neuves. Même s'ils ne constituaient qu'une mesure provisoire, ces bouts d'étoffe avaient un certain style, une sorte de vision de ce qu'était le bon ton, et ne ressemblaient en rien aux chiffons qui pendaient aux fenêtres des pauvres. Ce que les nouveaux occupants convoitaient, c'était la reconnaissance de leur compréhension supérieure de ce qui comptait en ce monde, et pour l'obtenir, ils suivaient une stratégie qui, à la réserve, combinait l'absence de choix précis.

Il restait une pension de famille ouverte, mais ses neuf clients étaient très tranquilles, presque furtifs, comme les derniers ressortissants d'une enclave étrangère qui, jour après jour, attendent d'être déportés.

Seul un toit de tuiles jaunes gâchait le paysage. Une famille italienne, qui avait vécu dans le bloc en ses temps les plus difficiles et fini par déménager le lendemain du jour où tous les réverbères avaient été fracassés, était tenue pour responsable de cette faute de goût.

Les érables, plantés l'année précédente par l'association de quartier, commençaient à bourgeonner. Mais la rue n'était toujours pas bien éclairée et, malgré les coups de téléphone, lettres et pétitions envoyés à la mairie et aux autorités locales, en dehors des voitures de patrouille qui se dirigeaient vers les taudis, on n'y voyait pas beaucoup de policiers. La nuit, elle avait l'air calme et sérieux, comme si elle continuait à essayer de s'améliorer dans le noir.

Il y avait toujours des détritus partout, une marée montante qui refluait rarement. Des cannettes et des bouteilles de bière, ou d'alcool, des papiers de bonbons, des paquets de cigarettes écrasés, des boîtes de lessive enfoncées, des chiffons, des journaux, des bigoudis, de la ficelle, des bouteilles en plastique, une chaussure ici ou là, et des déjections. Otto avait dit un jour, en regardant d'un air dégoûté le bord du trottoir devant chez eux, qu'aucun chien n'avait pu laisser un truc pareil derrière lui.

« Tu crois qu'ils viennent chier ici le soir ? » avait-il demandé à Sophie.

Elle ne lui avait pas répondu, mais s'était contentée de lui jeter un regard en biais teinté d'amusement. Qu'aurait-il dit, si elle lui avait appris que sa question lui rappelait une certaine période de son enfance pendant laquelle elle avait, avec ses amis, considéré ce que sa mère appelait faire fonctionner ses intestins comme une activité de plein air, jusqu'à ce qu'ils fussent pris sur le fait, accroupis tous ensemble derrière un buisson de lilas ? Sophie avait été enfermée dans les toilettes pendant une heure, afin, avait décrété maman, d'étudier le réceptacle approprié à ce genre de fonctions.

Les Holstein habitaient Henry Street, dans Brooklyn Heights, à une dizaine de blocs des Bentwood. Otto ne voulait pas, en prenant la voiture, perdre la place où il était garé, et Sophie, bien que ne se sentant pas très en forme pour marcher – elle avait une vague nausée – ne voulut pas lui demander qu'il la conduise là-bas. Il aurait pu penser que la morsure du chat l'affectait plus qu'elle ne le faisait en réalité. Elle se dit que ce n'était pas très cher payé quand on s'était montrée aussi bête. Sa stupidité méritait bien un petit sacrifice.

« Mais pourquoi donc jettent-ils tout sur le trottoir ? demanda Otto furieux.

— Ce sont les emballages. La folie de l'empaquetage.

— Ils font ça par pure provocation. J'ai regardé l'autre jour un homme de couleur qui shootait dans une poubelle. Quand elle a commencé à rouler sur l'asphalte, il a mis les mains sur ses hanches et il a éclaté de rire. Ce matin j'ai vu ce type qui fait pendre sa couverture à la fenêtre en train de pisser dans la cour, debout sur son lit. »

Une voiture passa au ralenti ; une de ses vitres se baissa et une main laissa délicatement tomber un Kleenex roulé en boule. Sophie se mit à rire. « Ces Américains..., murmura

Otto, toujours en train de lâcher doucement leur merde partout où ils vont. »

Ils traversèrent Atlantic Avenue et tournèrent vers l'ouest, longèrent, dans le quartier arabe, des magasins aux vitrines pleines de poufs en cuir et de narguilés, et des boulangeries qui sentaient la pâte de sésame. La plainte légère d'un chant oriental s'échappait d'une boutique grande comme un placard. À l'intérieur, trois hommes contemplaient un tourne-disque à commande manuelle. Sophie s'arrêta devant le restaurant jordanien où, une semaine plus tôt, les Bentwood dînaient encore avec Charlie Russel et sa femme. En regardant derrière les lettres d'or pailleté de la vitre, elle vit la table où ils étaient assis.

« Comment est-ce possible ? Tout semblait si amical, ce soir-là, dit-elle doucement.

— Et ça l'était. Jamais les choses ne se sont passées aussi bien entre nous que lorsque nous avons décidé de mettre fin à notre partenariat. Mais cette semaine…

— Ce n'est pas que vous ayez jamais été d'accord sur quoi que soit, mais tout semblait si bien marcher.

— Non, nous n'avons jamais été d'accord. »

Elle poussa un cri et leva le bras.

« Qu'est-ce qui se passe ? demanda-t-il.

— Tu as touché ma main sans faire exprès. »

Ils s'arrêtèrent sous un réverbère et Otto examina la blessure de Sophie.

— Elle est enflée, dit-il. Ça a l'air horrible.

— Ça va aller. C'est juste un peu sensible. »

Le sang ne coulait plus, mais une petite bosse s'était formée, soulevant les lèvres de la plaie.

« Je crois que tu devrais aller voir un médecin. Et, en tout cas, te faire faire une piqûre contre le tétanos.

— Pourquoi "en tout cas"? s'écria-t-elle, irritée.

— Arrête de tout prendre mal. »

Ils tournèrent dans Henry Street. Otto fit remarquer d'un ton satisfait que c'était aussi sale qu'autour de chez eux. Jamais il n'aurait acheté de maison ici... les prix étaient surestimés à l'excès, et tous ces marchands de biens qui souriaient dans des chambres en ruine pleines de poussière – imaginez ce que vous pouvez tirer de ces boiseries – quand tout le monde savait qu'il s'agissait de spéculation, et d'appât du gain, le vil appât du gain, achetons tant que nous le pouvons, des prix énoncés d'un accent distingué, et des crédits comme des maladies évolutives : « J'habite Brooklyn Heights. » Le quartier des Bentwood était, évidemment, sur la même pente, montant follement afin d'éviter d'éventuels acheteurs qui n'auraient pas été des « gens bien ». Otto haïssait les agents immobiliers et leurs litiges ignobles. C'était le seul sujet sur lequel Charlie et lui tombaient encore d'accord. Il soupira en pensant au flic qui surveillait les inscriptions électorales la semaine précédente et lui avait dit : « Ce coin s'arrange vraiment, il n'a plus rien à voir avec ce qu'il était il y a deux ans. Les gens comme vous font un sacré boulot ! » Otto avait ressenti une satisfaction assassine.

« Pourquoi soupires-tu ? demanda Sophie.

— Je ne sais pas. »

Les Bentwood touchaient des revenus élevés. Ils n'avaient pas d'enfants, et, parce qu'ils étaient tous deux âgés de quarante ans (Sophie avait deux mois de plus qu'Otto), ils n'avaient pas l'intention d'en avoir. Ils pouvaient acheter à peu près tout ce qu'ils voulaient. Ils possédaient une berline Mercedes et une maison à Long Island, achetée avec un crédit à long terme qui ne représentait même plus une charge pour eux. Elle s'élevait au milieu d'une prairie, près du village de Flynders. Elle était petite, comme celle de Brooklyn, mais plus vieille d'un siècle. Otto avait payé les travaux en puisant dans ses économies. Depuis sept ans qu'ils en étaient propriétaires, ils n'y avaient connu qu'un seul été désagréable. Celui où les trois homosexuels qui louaient la grange à côté de chez eux avaient passé des disques de Judy Garland toute la nuit chaque nuit. Ils avaient installé leur tourne-disque portatif sur un bain en ciment destiné aux oiseaux, dans l'ancien pré à vaches. Au clair de lune, comme dans la brume, la voix de Judy Garland résonnait à travers les pâtures, et venait frapper la tête d'Otto comme un gant de fer. En septembre, cette année-là, il acheta la grange. À une époque, il avait formé le projet de la transformer en maison d'amis. Pour l'instant, elle abritait le voilier qu'il partageait avec Russel.

« Je crois que je vais tout simplement donner le bateau à Charlie, dit-il en montant les marches du perron des Holstein. Je ne me souviens même pas de la somme que chacun de nous y a mise.

— Et où va-t-il naviguer ? demanda Sophie. Sur Bowery ? »

Cette fichue morsure la rend nerveuse, pensa-t-il, et il savait que dans ce cas-là, la qualité qu'il appréciait le plus en elle, l'égalité d'humeur, disparaissait. Elle semblait presque se rétrécir physiquement. Il pressa le bouton placé sous la sévère plaque noire où l'on pouvait lire « Docteur Myron Holstein ». « Il a beau être psychanalyste, il doit quand même connaître quelque chose aux morsures d'animaux », dit Otto, mais Sophie répondit qu'elle ne voulait pas en faire toute une histoire. Ça allait déjà mieux. « N'en parle pas, s'il te plaît. Je voudrais juste rentrer tôt… » Et la porte s'ouvrit.

Il y avait tant de gens qui se pressaient sous les spots lumineux de Flo Holstein qu'on aurait pu se croire à une vente.

D'un coup d'œil, Sophie aperçut dans cette multitude les quelques personnes qui venaient là pour la première fois. Elles jetaient des regards en coin aux tableaux et aux meubles. Il n'y avait aucune copie entre ces murs. Oui, c'étaient d'authentiques Mies van der Rohe, d'authentiques Queen Anne, d'authentiques Matisse et d'authentiques Gottlieb.

Flo avait été la productrice de deux comédies musicales à succès. La clientèle de Mike Holstein se composait en grande partie d'écrivains et de peintres. Sophie l'aimait bien. Otto disait qu'il souffrait d'angoisse culturelle. « Il déteste son négoce, avait-il expliqué à Sophie. Il me fait penser à une de ces starlettes de cinéma qui disent étudier la philosophie à UCLA. »

Mais à cet instant – le docteur Holstein avait pris son visage entre ses mains carrées et fortes – Sophie sentit disparaître toute la tension nerveuse des deux dernières heures, comme sous l'effet d'un léger calmant.

« Soph, ma chérie ! Salut, Otto. Tu es magnifique, Sophie ! C'est une robe de Pucci ? Ça fait du bien de voir que tu ne touches pas à tes cheveux. Cette coiffure te fait ressembler à une de ces jolies filles tristes des années trente. On ne te l'a jamais dit ? » Il l'embrassa comme le font les maris des autres, sur la joue, les lèvres sèches, un baiser rituel.

Il ne savait rien d'elle, même s'ils se connaissaient depuis dix ans, mais elle adorait cette impression d'intimité ; ces flatteries qui n'engageaient à rien. Et elle aimait son visage un peu meurtri, ses costumes près du corps achetés à un commerçant anglais qui descendait dans un hôtel du centre chaque année pour prendre des commandes, et les chaussures italiennes dont il disait qu'elles faisaient partie de son habit de séducteur. Ce n'était pas un séducteur. Il était ailleurs. Comme un homme précédé par quelques acrobates dans la pièce où il entre.

Malgré sa décision de ne rien dire, elle se surprit à lui murmurer à l'oreille : « Il est arrivé quelque chose d'horrible… J'en fais tout un plat, je sais, mais c'était affreux… »

Tandis qu'il la conduisait dans la cuisine, quelqu'un attrapa Otto par le bras, cria quelque chose et l'entraîna vers un groupe près de la cheminée. Dans la cuisine, Flo l'embrassa rapidement et se retourna pour surveiller une énorme marmite orange posée à l'intérieur du four encastré à hauteur des yeux. Deux hommes, dont l'un ouvrait et refermait sans arrêt le robinet d'eau en contemplant l'évier d'un air pensif, ne levèrent pas les yeux.

« Qu'est-ce qui s'est passé ? Tu veux de la glace dans ton gin ? demanda Mike.

— Un chat m'a mordue.

— Fais-moi voir. »

Elle tendit la main. Ses doigts ballants lui semblèrent pitoyables. Depuis qu'elle l'avait regardée avec Otto à la lumière du réverbère, la bosse semblait avoir grossi. Elle se teintait de jaune.

« Écoute, il faut absolument montrer ça à quelqu'un.

— Oh, ce n'est rien. J'ai déjà été mordue, tu sais ! » C'était faux. « Ça m'a fait un choc, dit-elle en bredouillant légèrement, comme si elle avait trébuché sur son mensonge. Tu comprends, je venais juste de donner à manger à ce maudit animal, quand il s'est retourné contre moi.

— Je ne crois pas qu'il y ait eu des cas de rage dans le coin ces dernières années, mais…

— Non, dit-elle. Non, sûrement pas. Ce chat était en bonne santé. Tu me connais. Toujours à jouer la sainte qui apprivoise les bêtes sauvages.

— Mike ! cria Flo. Tu peux aller ouvrir ? Alors, Sophie, qu'est-ce que tu bois ?

— Rien, pour l'instant », répondit Sophie. Mike la quitta avec une petite tape dans le dos, et un hochement de tête pour dire qu'il reviendrait. L'un des deux jeunes hommes commença à se peigner. Sophie retourna dans le salon. Un comédien de télévision qu'elle avait déjà rencontré chez les Holstein pérorait devant des gens assis, dont aucun ne faisait très attention à lui. D'une voix qui trahissait une suffisance maladive, il racontait que depuis qu'il s'était laissé pousser la barbe, il ne pouvait plus manger de porridge sans se salir comme un porc. Personne ne rit, alors il caressa les poils qui poussaient sur son menton et ses joues. « Je ne rigole pas ! s'écria-t-il. Les jeunes d'aujourd'hui sont merveilleux ! Les poils, c'est pour de vrai ! Je veux vivre, aimer, être moi-même. Voilà le message ! Si, si, je vous assure. » Il était petit et rond, sa peau luisait comme du saindoux.

« Une fête très goy », dit quelqu'un par-dessus l'épaule de Sophie. Elle se retourna et vit un couple d'une vingtaine d'années. La fille portait un ensemble de cuir blanc ; le garçon, une veste de treillis militaire à laquelle étaient épinglés des boutons qui avaient la forme et les couleurs de globes oculaires dont le regard vide se perdait dans le vide. Ses mèches frisées se dressaient dans toutes les directions comme un feu de Bengale pubien. La fille était belle – jeune et fraîche. Ses cheveux d'ambre lui tombaient à la taille. Elle portait un lourd bracelet à l'une de ses chevilles.

« J'ai vu au moins trois juifs », dit Sophie.

Ils ne sourirent pas. « Vos soirées sont instructives, dit la fille.

— Ce n'est pas ma soirée, répondit Sophie.

— Si, c'est la vôtre, dit le garçon d'un ton avisé. Le genre de trucs de votre génération.

— Oh, par pitié ! » dit Sophie avec un sourire.

Ils se regardèrent. Le garçon toucha les cheveux de la fille. « Elle est terrible, hein ? » La fille hocha lentement la tête.

« Vous êtes des amis du jeune Mike ? » demanda Sophie. Le jeune Mike tentait de se frayer un chemin au sein de l'université de New York City, et chaque fin de semestre semait la terreur dans la famille Holstein. Allait-il, cette fois encore, pouvoir y retourner ?

— On se casse, dit le garçon. On va voir Lonnie à St. Luke.

— À l'hôpital ? demanda Sophie. C'est trop tard, pour les visites. »

Ils la regardèrent comme s'ils ne l'avaient encore jamais vue, puis sortirent tous deux du salon à pas feutrés, sans regarder ni à droite ni à gauche. « C'est un magnifique bracelet ! » lança Sophie. Dans l'entrée, la fille se retourna. Un instant, elle sembla sur le point de sourire. « Il me fait mal, cria-t-elle. Il me fait mal à chaque pas. »

Otto était adossé à un mur, les yeux levés vers le menton d'une femme à la carrure puissante, en veste et pantalon. C'était une dramaturge anglaise, une amie de Flo, qui n'écrivait qu'en vers. Sophie remarqua en marchant vers eux qu'Otto gardait une main derrière lui, pressée contre la boiserie.

« Nous mourons tous d'ennui, disait la femme. C'est ce qui explique la guerre, c'est ce qui explique les assassinats, c'est ce qui explique tout. L'ennui.

— Les jeunes meurent de liberté », répondit Otto d'une voix que la retenue rendait plate. Sophie croisa son regard. Il hocha très légèrement la tête.

« Les jeunes vont nous sauver, dit la femme. Rendons grâce au Dieu mort, les jeunes vont nous sauver.

— Ils meurent de ce par quoi ils essayent de guérir, dit Otto.

— Tu es vraiment un vieux réac, dit la femme en se penchant un peu pour le regarder en face.

— Bonjour, Suzanne, dit Sophie. Je viens d'entendre quelqu'un dire "Quelle descente !" et je me demande ce qu'il entendait pas là. » Elle s'aperçut qu'elle avait pris un air faussement ingénu. Cela pouvait paraître vaguement insultant et elle espéra que Suzanne sentirait le tranchant.

« C'est du langage contemporain, expliqua cette dernière, magnanime. Cela peut signifier que l'on boit beaucoup, ou bien que l'effet d'une drogue s'efface et que l'on se sent mal. » Elle s'inclina devant Otto et s'en alla. Elle parlait rarement à un homme en présence d'autres femmes.

« Seigneur ! s'exclama Otto. Essayer de l'arrêter quand elle se lance est aussi difficile que poser un journal sous la gueule d'un chien avant qu'il commence à vomir !

— Tu sais bien que j'ai horreur de t'entendre dire des trucs comme ça. Tu ne t'arranges pas en vieillissant. Je ne supporte pas cette façon mesquine et réductrice de...

— Où est ton verre ?

— Je n'ai pas envie de boire », répondit-elle d'un ton irrité. Il était juste en face d'elle, masquant le reste de la pièce. Une hésitation passa dans son regard. Il l'avait entendue, qui l'avait entendu, et il était désolé. Elle s'en rendait compte, et était à son tour désolée de s'être montrée si dure. Pendant un instant, chacun soutint le regard de l'autre. « Ce bouton va tomber », dit-elle en effleurant sa veste. « Je vais te chercher quelque chose... », dit-il sans bouger. Ils avaient échappé à la banalité ; avaient brièvement senti la force de quelque chose d'original, d'inconnu entre eux. Alors même qu'elle essayait de mettre un nom dessus, ce quelque chose se dissolvait déjà, et Otto s'écarta soudain, juste au moment où elle oubliait ce qu'elle tentait de se rappeler. Elle posa sa main à plat contre le mur lambrissé. On aurait dit une tarentule. Elle avait des picotements. La rage… personne n'attrapait jamais la rage, sauf quelque pauvre gars dans le Sud.

« Viens, Sophie », dit Mike, et il la conduisit au premier, dans une grande chambre. Un tapis grec servait de couvre-lit ; un cheval mexicain en céramique se dressait devant la cheminée. Des romans policiers, avec leurs couvertures de papier de bonbons à trois sous, s'empilaient sur une table de nuit.

« Qui est-ce qui lit ça ? Toi ou Flo ?

— Moi, répondit-il, et il soupira, et parut séduisant. Ils me font du bien. Ils rendent ridicule ce avec quoi je vis. Des hommes puissants. Des femmes palpitantes… l'esprit d'un assassin posé ouvert sur la table comme un plumier d'enfant.

— Il y en a de meilleurs.

— Les plus modernes sont les plus vieux. Cette fausse complexité n'est qu'une autre sorte de plumier.

— Qu'est-ce qui va arriver ? explosa-t-elle. Tout va si mal…

— Assieds-toi une minute et tais-toi. Je vais appeler un ou deux médecins, voir si je peux en faire sortir un de chez lui. Mais ce n'est pas le bon soir. »

Il s'assit au bord du lit et composa des numéros, en tenant de l'autre main un carnet d'adresses, le combiné calé entre son cou et son épaule. Elle l'entendit parler à plusieurs reprises, mais elle n'écoutait pas ce qu'il disait. Elle arpentait la pièce. Une robe de chambre de soie verte était jetée en travers d'un fauteuil. Les quelques petites statues précolombiennes posées sur la cheminée, qui regardaient d'un œil malveillant le mur opposé, avaient, assez curieusement, l'air de se trouver encore à l'extérieur de la chambre mais sur le point d'y entrer et de la mettre à sac.

« Je n'ai eu que des répondeurs, dit Mike en reposant le téléphone. Ça ne sert à rien de leur laisser mon numéro. Écoute, il faut que tu ailles à l'hôpital. Ce n'est qu'à quelques blocs d'ici, et ils ont un service d'urgences qui n'est pas trop mal. Ils vont t'arranger ça, tu pourras dormir tranquillement.

— Savais-tu, commença-t-elle, que Cervantès voulait aller dans le Nouveau Monde, dans la Nouvelle-Espagne, et que le roi écrivit, pour s'opposer à sa requête : "Non, dites-lui de trouver du travail dans le coin" ? C'est assez marrant, hein ? »

Il la regarda sans bouger, les mains légèrement jointes, les épaules voûtées – c'est comme ça qu'il doit écouter ses patients, pensa-t-elle, comme s'il allait se prendre un coup dans le dos.

« Mais ce n'est qu'une histoire…

— Qu'est-ce qui se passe ?

— Je voudrais être juive, dit-elle. Comme ça, quand je mourrai, je mourrai en juive.

— Tu mourras en protestante.

— Il n'en reste plus beaucoup.

— Alors tu mourras en goy. Je t'ai demandé ce qui se passait ? Tu travailles en ce moment ?

— Non, je n'ai pas voulu ; cela me semble futile. Il y a tellement de gens qui font ça mieux que moi. On m'a envoyé un roman à traduire, mais je n'ai rien compris, pourtant c'était en français. Ça m'a agacée, voilà tout. Et je n'ai pas besoin de gagner ma vie.

— Récite-moi du Baudelaire, demanda-t-il.

— *Je suis comme le roi d'un pays pluvieux*
Riche, mais impuissant, jeune et pourtant très vieux… »

Elle s'interrompit d'un rire. « Eh bien dis donc, tu adores ça ! Si tu te voyais ! Attends, regarde ! » Elle s'empara d'un miroir posé sur le bureau et le tint devant lui. Il leva les yeux vers elle. « Tu veux une gifle ? dit-il.

— Non, tu ne comprends pas. J'ai aimé cet air que tu avais. L'idée que ces quelques vers pouvaient ainsi éclairer ton visage.

— Béatitude désespérée, dit-il en se levant.

— Tu sais que Charlie et Otto ne travaillent plus ensemble ?

— Otto ne me fait pas de confidences.

— Ils n'arrivent plus à s'entendre, dit-elle en remettant le miroir à sa place et en lui tournant le dos. Ça va changer notre vie, pourtant c'est comme si rien ne s'était passé.

— Ça ne changera pas votre vie, dit-il avec une note d'impatience. Ça bouleversera peut-être vos projets, mais pas votre vie. Si j'en crois mes souvenirs, qui sont vagues, Charlie est un cœur tendre, qui a terriblement besoin qu'on l'aime. Il ressemble à un beau bébé, non ? Ou est-ce que je le confonds avec un de mes patients ? Et Otto est tout en retenue. Ainsi la mécanique a cessé de fonctionner. » Il haussa les épaules.

« En vérité… » commença-t-elle, puis elle s'arrêta. Il attendit. « Ce n'était pas une mécanique, dit-elle très vite. Quelle façon consternante de définir ce qui se passe entre les gens.

— Qu'est-ce que tu allais dire ?

— Est-ce que tu crois vraiment que ce qu'il y avait entre eux n'était qu'un dispositif mécanique permettant à deux caractères opposés de fonctionner ensemble, Mike ?

— Bon, d'accord, ce n'était pas que ça. Les mots ne comptent pas, de toute façon. Otto n'a pas l'air malheureux.

— Nous ferions mieux de descendre », dit-elle.

Mais il s'était écarté et se tenait près de la fenêtre, les yeux rivés au sol. Quand il releva la tête, elle vit ce qu'il regardait.

Elle alla vers lui. Ensemble, ils contemplèrent la pierre sur le plancher. Il y avait autour d'elle quelques éclats de verre. Mike la ramassa. Elle remplissait le creux de sa main.

« Les rideaux ont dû étouffer le son », dit-il. Ils tournèrent les yeux vers la rue ; la vitre était brisée à la hauteur du front de Mike. « Ça a dû se passer il y a moins d'une heure, dit-il. Je suis monté à ce moment-là chercher de l'aspirine pour quelqu'un et je me suis arrêté ici, je ne me souviens plus pourquoi, mais je sais que cette pierre n'était pas là. »

Quelqu'un marchait sur le trottoir, avec un bébé saint-bernard qui trottinait maladroitement à ses côtés. Derrière toutes les fenêtres des maisons d'en face, des lumières brillaient. Les capots des voitures luisaient. Mike et Sophie observèrent en silence un homme qui examinait le contenu de sa boîte à gants. L'estafette d'un livreur de journaux passa, bruyante.

« N'en parle pas à Flo. Je vais tout ramasser. Mais qui est-ce qui a bien pu faire ça ? Et comment est-ce que je dois réagir ? » Puis il secoua la tête. « Bah, ce n'est rien. » Il lui sourit et lui tapota la main. « Tu ne veux pas que je t'envoie à un de mes amis, Sophie ? Un type dont je pense le plus grand bien ? Un homme de premier ordre ? Membre de l'Institut ? » Il soupesa la pierre en se retournant vers la fenêtre.

« Merci, Mike. Mais non.

— En tout cas, va à l'hôpital », dit-il sans la regarder. Elle fixa les yeux sur lui un instant, puis elle quitta la pièce. Otto l'attendait en bas des escaliers, un verre à la main. Dès qu'elle atteignit les dernières marches, il le lui tendit.

« Ginger ale », dit-il.

3

« J'en ai assez de ces soirées, dit Otto dans le taxi. Je m'ennuie trop. Parler de cinéma me rase. Fred Astaire m'indiffère et je ne l'intéresse pas. Et je me moque royalement de Fellini. Flo se sent importante parce qu'elle connaît des acteurs, c'est tout.

— Pourquoi as-tu dit que tu n'avais pas vu *Trois jours chez les vivants* ? Je sais que c'est faux, nous l'avons vu ensemble. Tu étais fou d'Evelyn Venable. Tu as parlé d'elle pendant des semaines... cette ossature, cette voix flûtée, tu disais qu'elle ressemblait à ce à quoi Emily Dickinson devait ressembler... Tu ne te souviens pas ?

— Seigneur !

— Tu disais aussi que Frederic March était l'incarnation même de l'idée que les Américains se font de la mort, un dandy en cape noire.

— Et tu as gardé tout ça quelque part dans ta tête ? demanda-t-il, étonné.

— Tu t'es endormi, tout le monde l'a vu. Mike m'a donné un coup de coude et il m'a dit de te ramener à la maison.

— Chacun essayait de prouver qu'il avait plus de mémoire que l'autre. J'ai juste démontré combien nous étions vieux.

— Tu pourrais faire un effort.

— Qu'est-ce que tu fichais en haut avec Mike ?

— Il a essayé de joindre des médecins, pour ma morsure.

— Il trouve que tu devrais voir quelqu'un ? » demanda-t-il, inquiet.

Elle leva la main. « Regarde comme elle est enflée ! » dit-elle. Elle replia un peu les doigts et gémit. « Peut-être que si je la fais tremper, elle désenflera.

— Qu'a dit le docteur ?

— Mike n'en a trouvé aucun. Tu ne sais pas qu'on ne peut plus mettre la main sur un médecin ? Tu ne vois pas que tout fout le camp, dans ce pays ?

— Ce n'est pas parce qu'on ne peut pas joindre un docteur le vendredi soir que le pays s'écroule.

— Oh si. Il y avait une pierre, dans leur chambre. Quelqu'un avait lancé une pierre en plein dans leur fenêtre. Ça a dû se passer juste avant que nous arrivions. Tu te rends compte : ramasser une pierre et la balancer à travers un carreau… » Tout en parlant, elle avait pris son bras et maintenant qu'elle s'était tue, elle le serrait plus fort, comme si seule sa main pouvait encore exprimer le poids de ses pensées.

« Quelle horreur ! » dit Otto. Le taxi ralentissait. Otto vit qu'ils étaient arrivés. Il paya. Sophie, soudain poussée par la conviction obscure mais puissante de savoir ce qui n'allait pas dans le monde en général, courut jusqu'en haut du perron. Mais elle dut attendre ; elle n'avait pas ses clés. Il monta les marches lentement, vérifiant sa monnaie. L'accès d'énergie que Sophie venait de ressentir, si surprenant qu'il en était presque douloureux, retomba aussitôt. Alors qu'ils passaient le pas de la porte et s'avançaient dans le noir, le téléphone sonna.

« Qui… ? commença-t-il

— À cette heure ! » s'exclama-t-elle pendant qu'Otto se

dirigeait vers le téléphone. Mais il ne décrocha pas. Il laissa passer trois sonneries, alors Sophie le poussa et attrapa le combiné. Otto alla dans la cuisine et ouvrit le frigidaire. « Oui ? entendit-il dire sa femme. Allô ? Allô ? Allô ? »

Personne ne répondit, mais il y avait une légère pulsation dans l'écouteur, comme si l'obscurité avait une voix qui vibrait le long de la ligne. Puis elle entendit un soupir exhalé.

« C'est encore un tordu », dit-elle à voix haute. Otto, un morceau de fromage dans une main, lui fit signe de l'autre. « Raccroche ! Pour l'amour de Dieu, raccroche !

— Un tordu, dit-elle dans l'appareil. Un crétin d'Américain. » Otto fourra le fromage dans sa bouche et lui arracha le téléphone pour le remettre sur son support. Bang.

« Je me demande ce qui te prend ! s'exclama-t-il.

— Tu veux le savoir ? répondit-elle en se mettant à pleurer. J'ai été empoisonnée par un chat, voilà ce que j'ai. » Ils se retournèrent vers la terrasse.

« Oh, mon Dieu ! Il est revenu ! » s'exclama-t-elle.

Une forme grise était blottie contre le bas de la porte, Otto se précipita vers elle en faisant de grands gestes et cria : « Fiche le camp ! » Le chat redressa lentement la tête et cligna des yeux. Sophie frissonna. « Je vais appeler la SPA dès demain », dit Otto. L'animal se leva et s'étira. Ils virent sa bouche qui s'ouvrait et les yeux pleins d'espoir qu'il levait vers eux. « Il faut que ça s'arrête », murmura Otto. Il lança à Sophie un regard lourd de reproches.

« Si je ne lui donne plus rien, il renoncera, dit-elle d'une voix douce.

— Si tu le laisses… » Il éteignit la lampe du salon.

« Pourquoi est-ce que tu n'as pas décroché ? lui lança-t-elle en retour tandis qu'ils montaient à l'étage. Tu deviens aussi bizarre que Tanya.

— Tanya ? Je croyais qu'elle passait sa vie au téléphone.

— Elle ne répond plus jamais, sauf quand elle vient de mettre fin à une liaison.

— Une liaison ! aboya-t-il en suivant Sophie dans le couloir jusqu'à leur chambre. Tanya et l'amour !

— Mais elle appelle les gens.

— Je déteste Tanya. »

Ils étaient l'un en face de l'autre, chacun de son côté du lit. « Tu ne me l'avais jamais dit, répondit-elle. D'ailleurs je ne t'ai jamais entendu dire que tu détestais quelqu'un.

— Je viens juste de m'en rendre compte.

— Et qu'est-ce que tu penses de Claire ?

— Oh, elle, ça va. Mais qu'est-ce que ça peut te faire, ce que je pense de Tanya ? Tu ne l'aimes pas tellement non plus. Tu ne la vois presque jamais.

— Je ne vois presque personne.

— Pourquoi dis-tu cela comme si c'était de ma faute ?

— Tu ne m'as toujours pas expliqué pourquoi tu n'as pas pris le téléphone, tout à l'heure, rétorqua-t-elle d'un ton accusateur.

— C'est parce que je n'entends plus jamais rien dans cet appareil que j'ai encore envie d'entendre. »

Ils se tenaient tous les deux raides, chacun accumulant à demi consciemment des preuves contre l'autre, des accusations qui contrebalanceraient l'irritation qu'ils ressentaient tous les deux sans la comprendre. Puis il lui demanda franchement pourquoi elle était en colère. Elle répondit qu'elle ne l'était pas le moins du monde ; elle était juste exaspérée par l'attitude autocomplaisante dont il avait fait preuve en ne décrochant pas, en restant là bêtement à laisser sonner, ce qui l'avait obligée, elle, à décrocher.

« Allons nous coucher », dit-il d'un ton las.

Elle lui jeta un regard ironique, qu'il ignora. Elle se demandait vraiment ce qui se passerait si elle lui avouait que ce coup de téléphone, et cette respiration sinistre l'avaient effrayée. Elle était certaine qu'il aurait dit : « Ne sois pas idiote ! » Et elle eut envie de crier : « Arrête de me dire que je suis idiote ! »

Il accrochait son costume. Elle le regarda défroisser le pantalon. « Tu devrais jeter ce caleçon, dit-elle, il va bientôt tomber en lambeaux.

— J'aime la douceur qu'ils ont quand on les a portés longtemps. »

Il avait parlé d'une voix plutôt plaintive. Elle se sentit revenir à de meilleurs sentiments. Il y avait quelque chose de drôle dans les petites manies et les goûts personnels des gens, quelque chose de secret, et d'enfantin, et de bête. Lui et ses doux caleçons usés la firent rire. Il baissa la tête pour regarder le bas de son corps puis tourna les yeux vers elle et se déshabilla complètement. Il avait l'air content de lui. Laissons-lui son autosatisfaction, se dit-elle. Au moins, ils avaient évité une dispute inutile. Elle se demanda si Tanya avait jamais essayé de séduire Otto. Puis elle se rappela son unique visite à Flynders. Otto avait été choqué, et même moralement outragé en découvrant par hasard que Tanya avait utilisé tous les tiroirs d'une énorme commode pour ranger les quelques accessoires qu'elle avait apportés avec elle ce week-end-là. « Seigneur ! Elle a une écharpe dans l'un, une paire de bas dans l'autre, une ceinture dans le troisième. Quel genre de femme est-elle qui utilise ainsi le moindre espace sous prétexte qu'il est libre ? » s'était-il écrié.

« Tanya est assez redoutable, c'est vrai, dit-elle tandis qu'Otto se mettait au lit. Je parie que faire l'amour avec elle est horrible. Je suis même certaine qu'elle n'arrête de se regarder que le temps nécessaire pour voir qui est au lit avec elle.

— Viens te coucher, supplia-t-il. Tu vas me réveiller. »

Elle se tut, sans réagir. Elle n'était plus irritée contre lui, maintenant, et les raisons qu'elle avait eues de l'être semblaient sans importance. Elle examina sa main et décida de la faire tremper. Une chose était certaine, elle avait mal.

Il était trois heures du matin, quand Sophie se réveilla. Sa main, repliée sous elle, était comme un objet étranger qui avait réussi à se relier à son corps, une chose qui s'était accrochée à elle. Elle resta allongée un instant, pensa au chat, à la surprise qu'elle avait ressentie en le voyant, à leur retour. Il avait l'air si normal, un animal errant comme tant d'autres. Qu'est-ce qu'elle s'était imaginé ? Que le fait de l'avoir attaquée allait le rendre fou ? Qu'il avait l'intention d'entrer par effraction chez eux et de les dévorer tous deux ? Elle se leva et alla dans la salle de bains. La blessure, dont le volume avait un peu diminué après la séance de trempage, était de nouveau enflée. Elle remplit le lavabo et y plongea sa main. Puis, levant la tête vers le miroir – elle ne voulait pas voir ce qu'elle faisait – elle se mit à presser les doigts de son autre main contre la masse de peau boursouflée. Lorsqu'elle baissa les yeux, l'eau était devenue trouble. Elle plia les doigts, serra le poing.

En se remettant au lit, elle se jeta à moitié contre le dos d'Otto. Il gémit.

« C'est ma main, souffla-t-elle, ça empire. » Il s'assit d'un bond sur son séant.

« Nous appellerons Noel à la première heure demain matin, dit-il. S'il le faut, nous irons le chercher à Pelham et nous le traînerons de force jusqu'à son cabinet. Il faut qu'il t'examine.

— Si ça ne va pas mieux.

— Non, de toute façon. » Otto se laissa retomber sur les oreillers. « Quelle heure est-il ? » Il avait quelquefois l'impression de ne pas avoir eu une vraie nuit de sommeil depuis son mariage. Sophie semblait prendre un plaisir particulier aux conversations nocturnes.

« Trois heures. Est-ce que tu as remarqué la façon dont le jeune Mike se conduisait ? Et son allure ? Tu as vu ce ruban hongrois, ou folklorique, enfin tu comprends ce que je veux dire, qu'il portait sur le front ?

— Ne m'en parle pas, répondit-il d'un ton abrupt. N'aborde même pas ce sujet, ça me rend fou. Attends seulement qu'il cherche du travail.

— Il n'en trouvera jamais. Mike l'entretiendra. Et ses cheveux. Il n'a pas arrêté de les tripoter pendant tout le temps où je lui parlais. Il les tressait, il les entortillait, les tirait, les lissait.

— De quoi lui as-tu parlé ?

— De bêtises, bêtement.

— Ils ne sont pas tous comme ça.

— Des bébés d'eau. Sortis du robinets, pas du ventre d'une femme.

— Ils veulent être noirs, dit Otto en bâillant.

— J'aimerais bien savoir ce qu'ils ont derrière la tête, dit-elle en se souvenant soudain avoir dit au père de Mike qu'elle aurait aimé être juive.

— Ils ont choisi de rester des enfants, répondit-il d'une voix ensommeillée, ils ne savent pas que ce n'est pas une option. »

Mais qu'est-ce que c'était qu'un enfant ? Et comment l'aurait-elle su ? Où était celle qu'elle avait été ? Qui pouvait lui dire à quoi elle ressemblait ? Elle avait une photo d'elle à quatre ans, assise dans un fauteuil à bascule en osier, un tout petit fauteuil, les jambes allongées, en culotte de coton blanc, avec sur la tête un panama trop grand pour elle. Qui avait assemblé tout cela ? Le panama, le fauteuil d'osier, la culotte de coton blanc ? Qui avait pris cette photo ? Elle jaunissait déjà. Qu'est-ce que le jeune Mike, sale, mystérieux, apparemment indifférent, parlant ce jargon hiératique qui l'insultait et l'exilait en même temps, avait à voir avec son enfance à elle ? Avec l'enfance de qui que ce fût ?

« Otto ? » Mais il dormait. Une voiture passa. Une légère brise entra dans la chambre, apportant avec elle le son d'un aboiement. Puis elle entendit frapper. Un poing qui cognait contre du bois. Elle alla à la fenêtre ouverte, et baissa les yeux vers la saillie qui cachait le perron et quiconque pouvait s'y tenir.

Il y eut une espèce de grognement, puis plusieurs coups secs, et enfin un murmure. Ses cheveux s'étaient-ils vraiment dressés sur sa tête ? Elle se retourna vers le lit. Puis elle alla dans le couloir et descendit l'escalier, en tenant sa main raide contre les plis souples de sa chemise de nuit.

Arrêtée devant la porte d'entrée, cachée par les rideaux qui recouvraient les carreaux des vitres, elle écouta, et regarda. De l'autre côté de la porte, un corps massif vacillait, une grosse tête se rapprochait de la porte, puis s'en écartait.

« Otto... », souffla une voix triste.

Sophie déverrouilla. Charlie Russel était là, debout, un revers de sa veste relevé.

« Charlie !

— Chut... »

Il fit un pas dans l'entrée, elle referma derrière lui. Alors ils se retrouvèrent très près l'un de l'autre, comme deux personnes sur le point de s'embrasser. Elle eut l'impression que tout son visage n'était qu'un œil énorme qui la fixait. « Il faut que je parle à Otto, murmura-t-il, et il y avait de l'urgence dans sa voix.

— Il dort.

— Je suis dans un état terrible. Il faut que je le voie.

— Maintenant ? Tu es fou.

— C'est que je n'ai pas eu une seconde, aujourd'hui. Il m'a fallu tout ce temps, depuis la dernière fois que j'ai posé les yeux sur lui ce matin jusqu'à cet instant, pour en arriver là où j'en suis. Et je me fiche de l'heure qu'il est. » Il tendit la main vers elle et lui attrapa le bras.

« Je ne le réveillerai pas, dit-elle fâchée.

— Je vais m'en occuper.

— J'ai la main blessée, tu vas me faire mal. Un chat m'a mordue.

— Je suis lessivé, dit Charlie en la lâchant immédiatement, puis il s'appuya contre le mur. Écoute. Allons plutôt boire un café quelque part. À la réflexion, je n'ai aucune envie de voir ce salaud.

— Est-ce que Ruth sait où tu es ?

— Ruth qui ?

— Très drôle, dit-elle. Je n'aime pas les plaisanteries qui tournent autour des épouses. Elles me font même grimper aux rideaux. Ne plaisante jamais à propos de ta femme devant moi. »

Il se pencha vers elle, scruta son visage. « Tu as l'air furieuse.

— Je suis furieuse, répondit-elle.

— Tu veux bien ? Venir prendre un café ?

— Oui.

— En route pour la grande évasion », dit-il en tapant dans ses mains.

« Il faut que je m'habille. Ne fais pas de bruit. Je redescends tout de suite. Voilà un siège. Ne bouge pas. »

Elle enfila ses vêtements en silence ; même les manches de sa chemise, qu'elle remonta prudemment, glissèrent sans le moindre son le long de ses bras. C'était comme si elle concentrait toute sa pensée sur chacun de ses gestes.

Otto était étendu en travers du lit, un de ses genoux saillait sous la couverture. Elle se brossa rapidement les cheveux, les attacha, prit un sac sur la commode, puis le reposa, et mit la clé de la maison dans sa poche. Quand elle tira ses chaussures du placard et sortit de la chambre sur la pointe des pieds, elle ressentit, en un instant vertigineux, une illicite excitation.

4

Ils descendirent la rue en silence, vite, comme deux conspirateurs, ne se mirent à parler qu'après avoir tourné vers le centre de Brooklyn.

« Où va-t-on ? demanda-t-il. Il y a quelque chose d'ouvert ?

— Je ne sais pas. Je ne me suis jamais baladée dans le coin à cette heure. Tu es venu en métro ?

— Non. J'ai pris un taxi. Quand il m'a déposé, j'ai vu qu'il s'était trompé de bloc, mais j'étais trop fatigué pour discuter. J'ai fait le reste à pied.

— Est-ce que tu as dit à Ruth que tu venais ?

— Non. Je suis allé au cinéma. L'homme qui était assis à côté de moi m'a dit que je parlais tout seul. Je lui ai répondu, dans ce cas, de ne pas m'interrompre et il m'a expliqué que je foutais en l'air son unique sortie de la semaine. Alors je suis parti, j'ai trouvé un taxi et je suis allé dans un bar, un Bickford's plein de gens qui parlaient tout seuls. Seigneur ! Regarde-moi toutes ces cochonneries qui traînent sur les trottoirs !

— Par pitié, ne me parle pas de saleté. »

Ils étaient arrivés à un carrefour. Venant de l'ouest, un bus fondait sur eux dans un bruit retentissant de pièces mécaniques qui claquaient et cliquetaient les unes contre les autres. Il brûla le feu rouge. Le conducteur était penché en avant, les bras passés autour du volant, les mains pendantes, comme faites de papier. Il n'y avait qu'un seul passager, une vieille femme aux cheveux d'un blanc éblouissant. Elle semblait à la fois majestueuse et absente.

« À quoi pense-t-elle ? demanda Sophie.

— À rien. Elle dort. »

Le feu passa au vert, puis de nouveau au rouge. Des emballages et des journaux jetés bruissaient tout autour d'eux. Un bloc plus loin, quelques silhouettes se dessinaient, léthargiques, devant les fenêtres d'un snack-bar. En s'approchant, Sophie vit à l'intérieur deux hommes qui se dépêchaient de rincer d'épaisses tasses blanches et de nettoyer un gril. Dehors, les gens restaient simplement là, à les regarder. De l'autre côté de la rue, près d'une bouche de métro, un petit gros à la peau sombre coiffé d'un minuscule chapeau noir contemplait une grille d'égout. Il avait l'immobilité hébétée d'une personne déplacée qui est arrivée le plus loin qu'elle le peut sans autres instructions.

« Ils vont fermer », dit Charlie.

L'exaltation de Sophie était retombée. Elle s'inquiétait. Son bras gauche tout entier lui faisait mal. Le contraste entre l'amitié placide qui l'avait jusque-là liée à l'associé de son mari – je ne te pose pas de questions, tu ne me donnes pas de réponses – et les circonstances présentes, l'idée qu'Otto dormait, ignorant tout, avait provoqué en elle une certaine excitation qui l'avait entraînée dans son escapade mais qui avait disparu ensuite. Ce qui se passait maintenant ressemblait plutôt à ces conversations laborieuses qui se déroulent entre invités à une heure tardive, quand il n'y a plus rien à dire, quand il ne reste que des cendres dans la cheminée, des assiettes dans l'évier, un froid qui s'installe, un retour à l'éloignement ordinaire.

« On ferait peut-être mieux de renoncer, dit-elle.

— Non ! Il doit bien y avoir un hôtel ouvert quelque part. Viens. On va essayer les Heights.

— Ton revers s'est replié », dit-elle en se tournant pour le regarder, et en espérant que cette remarque triviale le ferait peut-être changer d'avis. Il parut ne pas l'avoir entendue. Il semblait plein d'appréhension. Il lui prit le bras, et murmura : « Allez, viens... »

Charlie était un homme grand, bien charpenté, solide, ce qui ne l'empêchait pas de rester souple, comme s'il y avait eu un gyroscope au centre de son torse. Elle avait toujours aimé sa démarche, l'aisance avec laquelle il plaçait un pied puis l'autre, légèrement incliné, une belle démarche balancée. Il avait une odeur agréable. Mais maintenant, à ce qu'elle voyait, à ce qu'elle sentait (il marchait tout près d'elle), il traînait les pieds. Et il puait l'aigre, comme l'alcool aigre, et la sueur aigre.

« Après le Bickford's, je suis allé dans un bar, dit-il. Et je me suis engueulé avec un type. » Sophie trébucha et il lâcha immédiatement son bras, comme si, en manquant de tomber, elle avait été déchue de son droit à être soutenue. Ils traversèrent Livingston, se dirigèrent vers Adam Street. « Il y avait un homme debout, à côté de moi, continua-t-il. Une pétasse contre qui il se frottait avec acharnement en lui parlant d'un bateau était assise sur le tabouret en face de lui. Elle avait un sourire distingué, mais creusait les reins pour que ça marche encore mieux. Il disait qu'il venait juste d'acheter un sloop de dix-sept pieds et qu'il allait le baptiser *Négro*. Il voulait peindre ce nom sur la coque en lettres gothiques noires puis faire voile jusqu'à Oak Bluffs et mouiller en plein milieu de ce port où les gens de couleur friqués vont tous passer l'été. D'un autre côté, disait-il, il était aussi tenté de l'appeler *Pédé noir* et de l'emmener dans Great South Bay, près de Fire Island. Alors je me suis présenté à lui et à la dame – elle buvait du whisky-ginger-ale à la paille – et j'ai dit que j'avais une meilleure idée pour le nom de son voilier. Il m'a répondu de dégager. Je lui ai suggéré de l'appeler *Connard d'Américain*. Elle a trouvé que c'était un chouette petit nom et elle a tellement rigolé qu'elle s'est effondrée sur le bar mais il a levé la main d'un geste meurtrier. Je lui ai tordu le bras derrière son dos plein de gras, puis les autorités m'ont demandé de partir. »

Ils arrivèrent dans Adam Street. Loin devant, Sophie vit l'arc du pont qui enjambe l'East River. Ils étaient entourés de bâtiments administratifs au caractère particulièrement menaçant de grands mammifères carnivores momentanément endormis.

« Regarde, Family Court, dit Charlie en pointant le doigt vers le haut de la rue. Ton mari ne veut pas y mettre les pieds. Trop populaire pour lui. La moitié de mes clientes passent le plus clair de leur temps dans ces salles qui embaument l'urine, assises sur des chaises pliantes déglinguées, à essayer d'obtenir d'un pauvre diable noir sept dollars de plus par semaine pour les dix enfants qu'il a abandonnés parce que pour les nourrir il était obligé de prendre sur l'argent de la gnôle sans laquelle il hacherait au fendoir ses également infortunés voisins. *Vous allez voir ce que vous allez voir !*

— Qu'est-ce que tu veux dire ?

— Oh… ne le prends pas pour toi. Non, ce n'était pas pour toi, Sophie. Je ne sais pas ce que je voulais dire. »

Mais elle ne le croyait pas. Il dissimulait, à sa façon.

« Tu comprends, Otto et moi, nous étions à Columbia

ensemble... Nous avons même fait l'armée ensemble. Nous avons été ensemble pendant la plus grande partie de ma vie. Et tu sais ce qu'il m'a dit ce matin, quand je suis parti ? Il a dit : "Bonne chance, mon gars !" Puis il a éructé ce petit ricanement qu'il met au point depuis dix ans. Je me suis détourné, il a appuyé sur la sonnette, alors sa secrétaire est venue prendre les lettres. Et j'étais là, je me sentais comme quand j'avais huit ans, le premier jour où je suis arrivé au camp de vacances, et où j'ai fait pipi dans ma culotte parce qu'un petit sadique amoureux de la nature m'avait glissé un orvet dans le cou. »

Il s'arrêta et la regarda. « Tu dis qu'un chat t'a mordue ?

— On ferait mieux de traverser ici. Oui. C'est vrai.

— Je ne savais pas que vous aviez un chat. Quel genre de chat ? Un de ces monstres orientaux génétiquement sélectionnés qui coûtent sept cents dollars ?

— Tu es aussi grinçant qu'un tire-bouchon, répondit-elle.

— Qu'est-ce que c'est que ce truc, là-bas ?

— Une nouvelle coopérative qui se monte.

— Bon, alors, ce chat ?

— Un animal errant que j'avais décidé de nourrir. Et il m'a mordue, il s'est dressé sur ses pattes de derrière et il m'est retombé dessus. J'en ai la chair de poule rien que d'y penser.

— Tu as vu un médecin ?

— Non.

— C'est de la folie, Sophie. Quand est-ce que tu as eu ton dernier rappel antitétanique ?

— Il n'y a pas très longtemps. Je me suis mis une écharde dans le pied, l'été dernier dans la grange, et ils m'ont fait une piqûre.

— Ce n'est pas le plus grave. Est-ce que tu as pensé à...

— Ne m'en parle même pas. Ce chat n'était pas malade.

— La rage peut attendre jusqu'à cinq ans pour se déclarer.

— CE CHAT N'ÉTAIT PAS MALADE ! cria-t-elle. Regarde ! C'est une morsure, rien qu'une morsure !

— Otto devrait l'attraper et l'emmener chez un vétérinaire. Eux, ils peuvent savoir, dit-il d'un ton conciliant. Allez, calme-toi.

— La douleur me fait plus peur que la mort, dit Sophie. Je ne prends même pas de calmants tellement j'ai peur que la douleur l'emporte sur eux. Alors il n'y aurait plus rien – rien que la douleur. »

Il rit. Quelle brute, pensa-t-elle. Puis elle se mit à rire, elle aussi. Un agent de police quitta l'entrée sombre d'un bureau de poste et se dirigea vers eux à pas lents. Charlie passa son bras sur les épaules de Sophie et ils traversèrent la large rue, puis tournèrent dans une allée. « Pourquoi est-ce que je me sens comme un escroc ? murmura-t-il.

— À quoi bon aller voir Otto ? lui demanda-t-elle soudain. Ça ne servira à rien, tu le sais bien.

— Je veux qu'il reconnaisse qu'il s'est passé quelque chose d'important. Quand les gens changent lentement, et irrévocablement, et que tout se meurt, il n'y a plus qu'une chose à faire pour que ça aille mieux, c'est de jeter une bombe par la fenêtre, tu sais. Je ne peux pas vivre comme ça, comme si rien n'avait changé.

— C'est toi qui est parti, dit-elle. Et il ne sait même pas que tu ressens tout cela.

— Non, il n'en sait rien. C'est là qu'il a moralement échoué. »

Il a vraiment un visage de beau bébé, se dit-elle, Mike Holstein a raison. Par une journée radieuse et légère, sur le bateau, l'été précédent, il lui était apparu l'espace d'un instant, tel qu'il était, tout entier, et avec ses yeux bleus grands ouverts fixés sur la girouette en haut du mât, ses cheveux blonds éclaircis par le soleil, presque blancs, sa bouche boudeuse et son nez lourd, il lui avait rappelé un angelot baroque.

« Regarde, il y a quelque chose d'ouvert, dit-elle. Qu'est-ce que tu veux dire, il a moralement échoué ? Il est comme la plupart des gens.

— Je ne m'intéresse pas à la plupart des gens.

— Je croyais que c'était justement ce qui te préoccupait.

— Ne joue pas sur les mots, avec moi », répondit-il en poussant la porte. Il la pressa d'entrer. « Mon Dieu, que j'ai froid », dit-il.

De faibles éclairages jetaient une lueur orange sur les fausses briques du papier peint. Quelque part dans la pénombre, on entendait le son étouffé d'une radio, de temps en temps déchiré par le grésillement des parasites. Le barman, une main posée sur le comptoir, l'autre sur une étagère contre le mur, défendait son étroit territoire, la tête relevée vers l'écran silencieux d'un petit poste de télévision accroché au plafond.

« Ce n'est pas Alice Faye ? » demanda Sophie.

Le barman se retourna vers elle. Il sourit. « Cette vieille Alice », répondit-il.

Ils s'installèrent dans un box, mais personne ne vint prendre leur commande. Charlie dit qu'il aurait bien aimé un œuf à la coque avec du beurre et un café noir serré. Un vrai désir du matin, pensa Sophie. Il alla au bar et leur rapporta deux bouteilles de bière danoise.

Comme il s'asseyait, un homme, dans le box voisin, s'éclaircit la gorge bruyamment. Puis il dit : « Je crois en l'honnêteté. Franchement, je n'aurais même pas menti à Hitler. »

Il y eut une sorte de gémissement féminin approbateur. Sophie jeta un coup d'œil vers l'arrière du box et aperçut une femme qui avait la tête appuyée sur une main, comme détachée de son cou.

« Comment sais-tu ce que ressent Otto ? Qu'est-ce que tu veux qu'il fasse ? Il y a des années que vous vous disputez, non ? Comme des gens qui se sourient dans une piscine tout en se donnant des coups de pied sous l'eau.

— Les opinions des uns et des autres n'ont finalement aucune importance, répondit-il, d'un ton découragé. Il n'y a que l'affection... la loyauté. J'ai toujours aimé Otto. Aujourd'hui, il m'a traité comme le garçon de courses qui apporte les sandwiches et le café. » Il se frotta très fort les paupières, puis cligna des yeux en la regardant. « Il est enfermé dans une boîte, dit-il. Messire Bentwood... dut enterrer sa femme... morte, vous savez.

— C'est moi, sa femme, dit-elle, et je ne suis ni morte ni enterrée.

— Quand son plus vieil ami se lie avec des fermiers noirs et autres indésirables, il refuse de regarder. Et quand son plus vieil ami s'en va, il ne se laisse pas aller à l'inconvenance des émotions. Il ne ressent rien qui ne soit pas convenable.

— Tu n'es qu'un grossier personnage », dit-elle, étonnée de ses propres mots. Elle n'avait réfléchi à rien ; elle avait juste écouté, et soudain prononcé ça. « Grossier », répéta-t-elle. Il avait reculé. Sa bouche pendait, ouverte. Ce qu'elle venait d'entendre était exactement ce qu'elle reprochait à Otto, mais pourquoi, de la part de Charlie, cela résonnait-il comme une contrevérité qui se cache de façon méprisable derrière des opinions vertueuses et ne montre que la vanité de celui qui les profère ? Or elle voulait vraiment l'entendre dire qu'Otto était un homme froid et renfermé ; le désir qu'elle avait de cette confirmation restait comme un appétit que l'on a fait naître sans pouvoir le rassasier. Et pourtant elle le traitait de grossier personnage.

« Tu ne sais pas ce qui se passe, dit-il enfin. Tu es hors du monde, empêtrée dans tes problèmes personnels. Tu ne survivras pas à ça… à ce qui se passe en ce moment. Les gens comme toi… têtus, stupides, qui ne savent rien faire d'autre que se regarder tristement le nombril pendant qu'on est en train de saper leurs privilèges… » Il semblait calme. Vengé.

« Parce que ce n'est pas de ça que tu es en train de parler, de problèmes personnels ?

— Si. Mais j'y mets un sens totalement différent.

— Et quand est-ce que, moi, je t'ai parlé de problèmes personnels ? protesta-t-elle. Tu ne sais rien de ce que je pense sur quoi que ce soit. » Oh si, il le sait, se dit-elle. Elle l'avait touché d'un mot. Il était, elle le voyait sur son visage – car il essayait de prendre l'air sévère –, en train de réfléchir à l'adjectif « grossier ».

« Au fond, tu es peut-être simplement innocent, suggéra-t-elle.

— Innocent ! » s'exclama-t-il. Elle éclata d'un rire extravagant. Il parut soulagé. « C'est la vérité. Il a fallu que j'attende d'avoir vingt-trois ans pour savoir ce qui se passait entre Lancelot et Guenièvre.

— Ce n'est pas ce que je voulais dire », répondit-elle. Elle serra sa main gauche sur le verre froid de la bouteille de bière. La douleur reprit. Il la vit tressaillir.

« Je vais t'emmener à l'hôpital. Il y en a un très bien, juste de l'autre côté du pont.

— Pas encore, dit-elle d'un ton ferme.

— Pourquoi, Sophie ? Ce n'est quand même pas compliqué !

— Je n'irai pas, dit-elle. Je ne vais pas me précipiter à l'hôpital comme ça, ce serait trop bête.

— C'est de ne pas y aller, qui est bête. Tu as peur de ces piqûres, c'est ça, hein ? Pourquoi ne te l'avoues-tu pas ?

— Quand je parlais d'innocence, tout à l'heure, je ne voulais pas parler de sexe, dit-elle d'un ton sec. Il y a d'autres sortes d'innocence.

— Ruth ne serait pas d'accord avec toi, répondit-il. Elle ne parle plus que de la "nouvelle libération". Elle s'est mise au yoga, et elle s'est tailladé les cheveux. Elle voudrait acheter du haschich. Je lui ai dit d'attendre un peu, qu'elle en trouverait bientôt chez Bloomingdale au rayon mercerie. Elle a eu une révélation, l'été dernier… et elle m'en a parlé, elle m'a raconté qu'elle était debout sur la plage à côté d'un homme qu'elle ne connaissait pas. Le soleil se trouvait à son zénith, la chaleur cognait, noyant l'océan dans une brume bleue. Elle a regardé le dos de l'homme – "son dos nu", dit-elle – et elle a eu envie de le prendre dans ses bras. Elle parle de modalités sexuelles, elle parle de "l'esprit" de la pornographie. Elle est en train de devenir folle, la pauvre fille, et de me rendre fou. Mais ce n'est pas tout. Le plus étonnant, c'est que nous avons cessé de faire l'amour. Tout l'hiver, un hiver froid. »

Sophie se sentit frissonner de peur. Elle ne voulait pas entendre ça, ni penser à Ruth, avec son air de plénitude sexuelle, à la façon dont elle s'était, à côté d'elle, toujours sentie timide, vaguement oppressée. « Il y a longtemps que nous ne nous sommes pas parlé, dit-elle, gênée.

— Oh oui, je sais, répondit-il, plein de sous-entendus.

— Je vais l'appeler.

— Non. Elle ne sait pas ce qui se passe. Je ne lui raconte pas grand-chose. Elle me fait penser à un Sherlock Holmes dément cherchant l'ultime indice. Le sexe, morbide et banal, est au centre de tout. Je n'ai personne à qui parler.

— Tu me parles, à moi.

— C'est vrai. »

Le couple du box voisin passa près d'eux, la femme pleurant doucement. L'homme était blanc et gros. Elle était noire. Elle avait les paupières à demi closes, les coins de sa bouche tombaient. Soudain elle ouvrit grand les yeux et les dirigea droit sur Sophie. « Je suis venue de Dayton, voir si je peux survivre ou non », lança-t-elle. « Ferme-la », dit l'homme sur le ton de la conversation. Ils poursuivirent leur chemin, passèrent la porte.

« Tu ne veux pas dire que votre mariage est fichu, quand même ?

— Non ! répondit-il irrité. Non… il n'y a jamais eu personne d'autre, et elle a peur de vieillir. Elle n'est plus elle-même, c'est tout. Mais elle reviendra, cette pauvre idiote.

— Et les enfants ?

— Oh, ça va. Linda sait que ça se passe mal entre sa mère et moi. Mais elle est trop préoccupée par ses problèmes d'adolescente pour s'inquiéter d'autre chose. Elle a pris l'habitude de dire "ouais" d'un ton maussade qui me met hors de moi. Tu veux une autre bière ? À quoi penses-tu ? C'est étrange d'être là, non ? Toi et moi. En train de boire de la bière et de trahir ceux que nous aimons.

— Je ne trahis personne.

— Nous avons toujours été amis, hein ? demanda-t-il sans tenir compte de sa dénégation. Il y a toujours eu quelque chose entre nous, non ? Ne prends pas cet air effrayé. Oh, mon Dieu… Otto, Ruth, ce pays, ses rayons de la mort et petits pois surgelés… Je ne suis pas si différent d'Otto que ça. Je veux, moi aussi, que le passé perdure. Je déteste les avions et les voitures, et les hors-bord de course. Mais je n'ose pas… je n'ose pas. Tu ne vois donc rien ? Cette guerre ! Bobby a déjà seize ans. Dans quelques années, il sera peut-être appelé sous les drapeaux. Mais quel gâchis !

— Par moments, je suis heureuse de ne pas avoir d'enfant », dit-elle.

Il sembla ne pas l'avoir entendue. Il s'écarta de la table l'air de rien, alla au bar et en revint avec deux autres bières.

« J'ai fait deux fausses couches, dit-elle.

— Je suis au courant, répondit-il d'un ton sombre.

— Apparemment, j'ai l'utérus comme un flipper.

— Vous avez pensé à l'adoption ?

— Oui, mais nous avons toujours remis à plus tard, et maintenant… Nous sommes définitivement installés dans ce schéma de couple sans enfant.

— Ça n'a aucune importance. Ils sont vraiment les otages de la chance. Je les aime et ils m'étouffent. C'est un véritable business, comme tout le reste, de nos jours, le business enfants, le business pensée radicale, le business culture, le business effondrement des vieilles valeurs, le business militantisme… toute aberration devient un style, un business. Il y a même un business de l'échec.

— Et puis il y a le business de l'avocat engagé qui se sacrifie, dit-elle.

— En réalité, je voulais juste être comme Mr Jarndyce. C'était ça le genre d'avocat que j'aurais aimé devenir », dit Charlie en se frottant la tête furieusement, toujours au même endroit, comme si quelqu'un était en train d'y taper à coups de marteau de l'intérieur. « Tu sais… dans *Bleak House*[1].

1. Ouvrage de Charles Dickens.

Il y a cette scène où Esther Summerson pleure dans le car, et ce cher Jarndyce extirpe un petit pâté et un gâteau de sous son manteau et les lui tend, et quand elle les refuse, mon Dieu, il les jette tout simplement par la fenêtre, en disant : "Vaincu, comme toujours !" Quelle classe ! » Il se mit à rire, cria : « Et il les jette par la fenêtre ! » et s'effondra dans le coin du box en haletant, puis fit signe au barman qui les regardait, inquiet.

« Je crois que j'ai la rage, dit-elle.

— Mange un gâteau, répondit-il, narquois.

— C'est toi qui es indifférent, dit-elle. Et arrête de ricaner bêtement !

— Au contraire, je m'inquiète de tout, répondit-il. À ma façon désespérée. C'est le désespoir qui me fait vivre. Viens, allons réveiller Otto. Je veux lui parler de Jarndyce. » Et il se remit à rire. Puis il s'essuya le visage du revers de la main et la regarda avec attention. « Es-tu désespérée ? demanda-t-il.

— Je ne sais pas. Je suppose qu'il faut que je fasse quelque chose. Je suis trop inactive. On m'a envoyé un roman à traduire, et je l'ai détesté. Puis, il y a quelques jours, quelqu'un m'a appelée pour me parler d'un docker marseillais qui a écrit des poèmes. J'ai dit que j'allais réfléchir, et j'ai laissé tomber. Est-ce que tu sais que mon père était moitié français ? Et moitié alcoolique ?

— Et ta mère ?

— Cent pour cent californienne. Elle vit à San Francisco et consulte de temps en temps un astrologue. C'est sa seule folie.

— Tu n'as pas d'autre famille ?

— Non. Un ou deux cousins issus de germain à Oakland, du côté de ma mère, mais personne que je reconnaîtrais encore dans la rue. Après la mort de mon père, je m'en suis désintéressée. Et maintenant, je suis au bord du gouffre, de l'extinction définitive. Mon père s'arrête avec moi. C'est triste. Nous nous arrêtons, notre famille…

— Personne d'autre en France non plus ?

— Je ne crois pas. Il ne m'a jamais parlé de qui que ce soit. Je ne sais même pas qui étaient ses parents, ce que faisait son père. Il était comme un orphelin. »

Elle sourit à Charlie et se tut, prise d'une envie comme elle n'en avait jamais ressentie de voir sa mère. Mon Dieu… à près de soixante-dix ans, elle devait maintenant être confite par le soleil, la vie californienne. Il y avait des mois qu'elle ne lui avait pas écrit, seulement écrire était si difficile. Face à une feuille de papier à lettres, elle ne trouvait à dire que des banalités. Et cela lui donnait l'impression de ne pas avoir de vie. Mais sa mère était une vieille dame. Elle aurait dû, au moins, respecter son grand âge.

« Tu aimais ton père ? demandait Charlie.

— Je l'adorais. Quand j'ai eu dix ans, j'ai compris qu'il était presque tout le temps soûl. Ma mère a construit sa vie sociale autour de l'idée qu'il avait un léger défaut de prononciation qui le rendait timide. Quand il tombait ivre mort dans le salon, elle se contentait d'aller quelques jours à Sausalito, chez une de ses copines. Leur agence immobilière était à son nom à lui. Mais c'était elle qui s'en occupait. Il m'a dit un jour que la seule chose qu'il ait jamais voulu, c'était jouer de la flûte, travailler pour un bon chef d'orchestre, être assis dans la fosse avec les autres musiciens.

— Et pourquoi ne l'a-t-il pas fait ?

— Tu sais, il n'avait pas tellement de regrets. Il disait avoir mené sa vie avec nonchalance. Je ne savais pas, alors, ce qu'il entendait pas là. Je pensais probablement qu'il parlait d'un manque de travail. Ma mère n'est pas paresseuse. Elle est la manifestation de je ne sais quel principe d'énergie aveugle. Elle a un horrible petit jardin plein de plantes qu'elle a réussi à faire pousser envers et contre tout, avec des arbres fruitiers nains en espaliers, et elle m'a écrit qu'elle s'était mise à la taille ornementale. Elle fume probablement toujours trop, la dernière fois que je lui ai parlé au téléphone, sa voix avait la même éternelle vigueur, et la dernière fois que je l'ai vue, elle était couverte de taches de rousseur et brûlée par le soleil, et j'imagine qu'elle change encore les meubles de place pour un oui pour un non comme avant, en les cognant partout pendant que mon père la regardait faire du pas de la porte. » Elle sourit. « Elle exerçait continuellement son autorité sur une chose ou une autre, continua-t-elle. En dehors du seul problème qu'elle n'a jamais réussi à résoudre. Elle avait beaucoup de mal à dire bonjour. Je la vois encore, quand des gens venaient à la maison, reculer vers le fond de la pièce en tirant hystériquement sur sa cigarette, avec l'air d'un rat pris au piège, jusqu'à ce que les salutations soient terminées. Elle ne me parlait jamais de mon père. Jamais.

— Comment est-il mort ?

— Il s'est suicidé avec un pistolet italien qu'il avait acheté à Rome juste avant de l'épouser.

— Vous vous retrouvez de temps en temps ?

— Non, pas depuis dix ans. Je suppose qu'il faudra que j'y aille, un de ces jours. Mon père avait des pieds petits et beaux, dont il était très fier. Après sa mort, je suis tombée sur une dizaine de paires de chaussures qui lui avaient appartenu et qui prenaient la poussière dans le coin d'un placard. On voyait sur le cuir la marque de sa voûte plantaire – qu'il avait très haute. C'était des chaussures anglaises, et il se les faisait faire sur mesure, comme Mike Holstein se fait faire des chaussures italiennes.

— Comment va Mike ? Je l'aimais bien, pour le peu que je l'ai connu.

— C'est chez lui que nous étions, ce soir, dit-elle. Enfin, hier soir. » Elle sentit une vague de fatigue l'envahir et secoua la tête très légèrement. Il lui tendit la main. « Ça va ?

— Je suis fatiguée, dit-elle. C'est venu tout d'un coup. Que va penser Ruth quand elle se réveillera et qu'elle s'apercevra de ton absence ?

— Elle s'imaginera que je suis avec une belle jeune fille évanescente, ce qui, à mon âge, devrait être le cas.

— Oh non, sûrement pas. Et ce n'est pas du tout ce qu'elle ressentirait si elle l'envisageait.

— Elle ne ressent pas vraiment grand-chose, ces temps-ci. »

Le barman avait réglé le poste de télévision.

« Essayez la luminosité, dit un homme au bar. Non, essayez la hauteur de l'image.

— J'aime les vieilles chansons, dit le barman. Vous imaginez, revoir Alice Faye après toutes ces années. »

« Tu veux rentrer, hein ? demanda Charlie en se penchant vers Sophie. Encore quelques minutes, d'accord ?

— Pas plus. Je commence à m'inquiéter. Si Otto se réveille...

— Il trouvera ça revigorant, dit Charlie. Tu veux lui téléphoner ?

— Il n'aime pas répondre au téléphone, même dans la journée. Et nous avons eu un appel anonyme, hier soir, lorsque nous sommes rentrés de chez les Holstein. » Elle lui jeta un regard inquisiteur, presque certaine que ce ne pouvait être que lui qui avait appelé ; il avait probablement essayé de les joindre pendant des heures, et pris peur, quand elle avait enfin décroché. Comme il était étrange, s'il avait tant voulu parler à Otto, qu'il se soit retrouvé sans voix juste au moment où la confrontation devenait possible.

Il était toujours penché en avant, mais son cou et ses épaules semblaient tendus, comme s'il avait été obligé de garder une pose qui traduisait une certaine intimité, longtemps après le premier élan. « Raconte-moi une histoire, demanda-t-il. Je ne veux pas rentrer chez moi, pas encore.

— Tu voulais voir Otto », dit-elle, sans bien savoir s'il s'agissait d'une affirmation, ou d'une question. Le box était une petite pièce froide. Une odeur désagréable se dégageait de la housse en plastique du siège. Un léger parfum de pickles flottait quelque part à l'intérieur de cet espace confiné. Elle bougea tout d'un coup et sentit le plastique qui collait à ses cuisses. Le barman tripotait les boutons de la télé. Il n'y avait que deux autres personnes assises au bar, des hommes vieillissants, ni soûls, ni sobres. Charlie restait penché vers elle ; elle commença à se sentir étouffée, coincée. Elle s'imagina en train de monter l'escalier à pas de loup, d'enlever ses vêtements, de se mettre au lit, le visage entre les omoplates d'Otto, entrant dans le doux sommeil conjugal comme dans de l'eau tiède.

« Ce n'est pas toi, n'est-ce pas, Charlie, qui étais au bout du fil ? »

Il soupira et se rassit en arrière. Il ne répondit pas à la question de Sophie. « Je voulais voir Otto. Il faut que je le voie. Il ne s'en sortira pas comme ça… Encore cinq minutes et on y va, d'accord ? Raconte-moi des choses sur toi.

— Alors je vais te parler de ma liaison.

— Oui, dit-il en hochant la tête, ça me plairait bien. » Il eut un sourire plein de générosité. « Une histoire récente ? demanda-t-il d'un ton badin.

— Non, ça date d'il y a quelques années », répondit-elle,

en se sentant à l'instant même consternée de ce qu'elle avait fait. Il avait l'air saisi. Elle venait de commettre une erreur. Elle avait cru que leur fuite impulsive loin de la maison, loin d'Otto, les avaient libérés de la méfiance et des subterfuges obligés, de ces réflexes de la vie au grand jour, de sa familiarité atone et superficielle. Elle s'était fiée à la circonstance et elle avait négligé les protagonistes. Il l'observait. Elle voulut revenir sur ce qu'elle avait dit. « J'invente, pour t'amuser », prétendit-elle. Il avança sa main au-dessus de la table et prit celle de Sophie. « C'est celle qui me fait mal ! » s'écria-t-elle, et il la lâcha immédiatement.

« Oh, et puis pourquoi es-tu si horrifié ! s'exclama-t-elle.

— Je ne le suis pas. C'est assez banal, dit-il. Je t'ai crue, c'est tout, et ça n'a aucune importance, tu sais.

— Je te dis que j'ai tout inventé », répéta-t-elle.

Il se mit à rire. « Bon, d'accord. Mais maintenant, je ne te crois pas. J'ai vu ton visage s'animer, en particulier quand tu as prononcé le mot “ma”. Tu étais tout excitée.

— Oh, seigneur ! souffla-t-elle en se couvrant les yeux de la main. Eh bien, il n'y a rien à raconter. Rien que de très banal, comme tu l'as dit. » Elle laissa retomber sa main et tira son manteau sur ses épaules.

« À l'époque, il était question que nous nous séparions, Otto et moi.

— Ah bon ?

— Cela ne serait jamais arrivé, autrement.

— Je n'en ai rien su, dit-il sur le ton de la simple constatation.

— J'ai envie de partir, maintenant. Ma main me fait affreusement mal. Si tu veux bien m'emmener à un taxi...

— Je vais te raccompagner chez toi », répondit-il.

Ils n'échangèrent pas une parole pendant le trajet. Mais à

plusieurs reprises, il se tourna vers elle ; elle savait qu'il l'observait en silence et supportait, elle aussi en silence, comme une punition, le violent désir qu'elle avait d'expliquer, d'atténuer, gommer.

En enfonçant la clé dans la serrure, elle entendit Charlie qui l'appelait doucement du taxi dont le moteur tournait au ralenti, alors elle se retourna et le vit qui se penchait au-dessus de la portière.

« Si cela peut te rassurer, dit-il, c'est bien moi qui ai téléphoné, cette nuit. » Puis il remonta la vitre et la voiture s'éloigna.

Sophie resta debout immobile dans l'entrée. Le salon semblait noyé dans la brume, sans volume. Les objets, dont les contours commençaient à se durcir dans le jour naissant, jetaient une ombre menaçante, totémique. On aurait dit que les chaises, les tables et les lampes venaient à peine d'accepter la position qu'elles occupaient toujours. Il y avait un écho dans l'air, une pulsation particulière, semblable à celle d'un mouvement qui vient de s'interrompre. Bien sûr, c'était à cause de l'heure, de la lumière, de sa fatigue. Seul ce qui est vivant peut faire mal. Elle s'assit soudain sur un banc qui venait de chez les Quakers. Quatorze piqûres dans le ventre. Quatorze jours. Et même ainsi, il n'y avait aucune garantie ; on pouvait mourir de la rage, suffoquer jusqu'à la mort. Quelle miséricorde pouvait-elle espérer ? Qui aurait pitié d'elle, de sa terreur enfantine, de sa fuite, de sa façon de faire comme si rien de grave ne s'était passé ? La vie avait été si douce pendant si longtemps, émoussée, spongieuse, et voilà qu'arrivait, dans toute son apparente banalité et son horreur profonde, cet incident stupide – dont elle était responsable –, cette confrontation sans gloire avec la mort possible. Elle pensa à Otto et monta en courant.

Dans la chambre, il était allongé, endormi, avec les draps et les couvertures enroulés autour du torse, les pieds qui dépassaient du lit.

5

Sophie fit tremper sa main. L'eau chaude raviva la douleur, puis l'apaisa. Quand elle se sécha, ses doigts semblaient plus libres, comme si le poison de la morsure s'était retiré, pour se concentrer sur la blessure proprement dite. Elle rota doucement, et, avec la gêne habituelle que nous éprouvons à l'idée de faire entendre une manifestation aussi secrète et non réprimée de notre être corporel, elle regarda vite dans le couloir par la porte ouverte de la salle de bains.

Elle se sentait ballonnée ; ce devait être la bière. Son corps ne lui appartenait plus, il suivait son chemin, sans elle. Elle avait découvert cette année-là que tout malaise physique, une fois expliqué, entraînait une restriction, ou la suppression d'un plaisir ou d'un autre. Elle ne pouvait plus manger et boire comme elle le faisait avant. Elle se sentait devenir la proie inexorable de choses grossières et risibles à la fois. Elle venait à peine de comprendre que l'on est vieux pendant longtemps.

Elle retira son slip et le laissa tomber dans le panier en osier dont elle se servait pour son linge sale personnel. La paille brute déchirait ses bas mais elle ne voulait pas en changer, peut-être par inertie naturelle, ou peut-être parce qu'elle ne croyait pas vraiment au sens pratique. Elle finit de se déshabiller. Son parfum de Guerlain avait tourné à l'alcool, mais elle en tamponna quand même son ventre plein de bière. Puis elle passa dans le couloir et entra dans la chambre, où elle trouva sa chemise de nuit par terre, où elle l'avait laissée.

Charlie devait être maintenant presque arrivé devant ce tas de pierres 1920, triste et populeux, dans lequel il vivait. Bon, d'accord, c'était lui qui avait téléphoné. Mais pourquoi avait-il appelé ? Et pourquoi avoir ensuite gardé le silence ? À moins qu'il n'ait menti. Pour essayer de la rassurer en échangeant un péché contre un autre. Cette respiration, dans l'appareil, était-elle vraiment celle de Charlie ? Seuls les fous font ce genre de choses. Le temps allait être gris et maussade ; la lumière cendreuse qui régnait dans la chambre l'irritait déjà, comme une note de musique que l'on tient trop longtemps. Elle regarda Otto.

Même endormi, il paraissait raisonnable, quoique les draps immodérément tire-bouchonnés aient laissé entendre que cet état n'avait été atteint – dans le sommeil – qu'à un certain prix. Elle allait le réveiller, lui dire qu'il était bel et bien débarrassé de Charlie, et que ce dernier était un homme continuellement occupé à établir sa supériorité en matière d'humanité. Il ne voulait pas tant qu'Otto regrette leur association, mais qu'il reconnaisse que lui, Charlie, était ce qu'un être humain devait être – un véritable cœur qui saigne ! Et maintenant elle était effarée de lui avoir fourni cette information sur elle aussi simplement qu'elle aurait tendu un jouet à un enfant.

Et ce qui était pire, ce qui l'humiliait encore plus, c'était que ce qu'elle avait pensé de son amant, Francis Early, était assez proche de ce que Charlie pensait de lui-même.

Il n'y avait pas moyen de se glisser sous la couverture sans réveiller Otto. Elle prit dans le placard un lourd manteau sous lequel elle s'étendit. Puis elle se mit à se raconter Francis. Une histoire qu'elle se répétait souvent pour s'endormir, dériver en rapiéçant le souvenir fantomatique d'un être en l'existence de qui elle ne croyait pratiquement plus.

6

L'intérêt qu'Otto portait parfois à ses clients dépassait les raisons pour lesquelles ils s'étaient rencontrés. Sophie ne savait pas quelles qualités l'attiraient en particulier ; il n'était pas enclin à analyser ses sentiments, ni ceux des autres. Ni à se demander pourquoi il aimait quelqu'un ou à classer les gens dans une catégorie donnée. Si Sophie avançait – d'une voix de plus en plus exaspérée – qu'Untel ou Untel l'amusait parce qu'il était imprévisible, naïf ou expert en quelque matière aussi obscure que l'évolution des parcs de loisirs ou la magie noire à La Nouvelle-Orléans, Otto hochait la tête et tombait d'accord avec elle, tout en gardant le doigt sur le paragraphe qu'il était en train de lire dans le journal ou un livre. Il invitait le client à dîner, très simplement, allait à l'occasion déjeuner avec lui, ou encore boire un verre ; et c'était tout. Dans certains cas, les choses traînaient plus longtemps, sans qu'ils deviennent vraiment amis, mais un peu plus que des relations d'affaires. C'est ce qui s'était passé avec Francis Early, qui avait été recommandé à Otto par une maison d'édition qu'il représentait. Francis était lui-même plus ou moins éditeur. La raison pour laquelle il avait fait appel à un avocat restait ambiguë. S'il n'en avait pas été ainsi,

Otto, qui détestait les affaires de divorce, aurait probablement refusé de s'occuper de son cas. Les efforts que faisait Francis pour résoudre ses problèmes matrimoniaux manquaient d'énergie. Il semblait surtout désireux d'en parler. Mrs Early restait terrée avec ses trois enfants à Locust Valley sur Long Island, et refusait de répondre à toute lettre officielle. Lorsque Francis l'appela pour lui demander de se montrer plus coopérative – au moins quant aux formalités nécessaires à une séparation légale –, elle se plaignit d'avoir des problèmes avec la chaudière à charbon ; il ne lui avait pas bien expliqué comment la régler pour la nuit, et elle voulait savoir quand il avait l'intention de faire installer le chauffage au mazout qu'il lui promettait depuis plusieurs années. Quand Otto lui téléphona, elle marmonna : « Allez au diable, vous aussi ! » et raccrocha.

Francis l'avait déjà quittée deux fois. La première séparation aurait dû être la bonne, dit-il à Otto, car il n'avait alors qu'un seul enfant. Finalement, Otto renonça à prétendre pouvoir faire quoi que ce soit pour eux. Mais comme Francis avait un petit appartement près de son bureau, de temps en temps, ils déjeunaient ensemble.

Francis travaillait dans ce qui était autrefois le premier étage d'un riche hôtel particulier, dans la 61e Rue est, où, sous un plafond de plâtre moulé qui ressemblait à une meringue sale, il publiait des livres sur le jardinage, les fleurs sauvages, la culture et le treillage des roses, ainsi que des guides de poche (comment commencer une collection de timbres ou de papillons, de coquillages ou de voitures anciennes) qui, disait-il, constituaient pratiquement la seule source d'argent lui permettant de financer les autres.

Sophie avait fait sa connaissance le soir où elle était allée voir *Andromaque* avec Otto, dans la mise en scène du Théâtre-

Français. Elle s'était sentie particulièrement animée, en partie parce que, comme l'avait dit Otto assez justement, il était obligé de porter des écouteurs pour suivre la traduction anglaise, alors qu'elle pourrait profiter de sa supériorité de femme bilingue pour écouter les acteurs en direct. Mais la vérité, plus généreuse, était qu'elle aimait Racine, Jean-Louis Barrault et le professionnalisme brillant, adamantin, des classiques français. Elle savait aussi que cette soirée allait avoir sur elle un effet salutaire, qui durerait un jour ou deux au moins, car la densité, l'intensité de cette soirée ne pouvait que la sortir de ses rêveries ; de ses préoccupations nébuleuses qu'Otto, lorsqu'elle l'irritait, appelait sa somnolence.

Après un somptueux dîner dans un restaurant français, ils montèrent les trois volées de marches qui menaient chez Francis, et trouvèrent ce dernier qui les attendait devant sa porte. Il souriait.

Il leur offrit du cognac, et tout en plaçant les verres à portée de leur main et en arrangeant les tables et les fauteuils, il parla continuellement, avec affabilité et humour, des autres locataires de l'immeuble, des efforts que lui demandait sa vie de célibataire, et, juste avant de s'asseoir, posa avec une familiarité tranquille sur les genoux de Sophie un petit recueil de dessins sur la flore sauvage en Nouvelle-Angleterre. Sa voix légère, assez haute, était de temps en temps ébranlée de façon presque comique par une toux de fumeur qui ne l'empêchait pas de continuer à parler, jusqu'au moment où il perdait son souffle. Son empressement ne manquait pas de charme ; il éveillait un sentiment étrange de précocité semblable à celle d'un enfant trop appliqué.

Sophie remarqua le bord noirci de la table où il mangeait. Il devait y laisser ses cigarettes se consumer pendant qu'il se faisait cuire une côtelette sur le réchaud à trois feux.

Une poêle sale tenait en équilibre au bout de l'égouttoir. Il y avait des piles de livres sur les tables – il leur dit qu'il avait l'intention d'installer des bibliothèques dès qu'il en aurait le temps – et des stores vénitiens poussiéreux aux deux fenêtres qui donnaient sur la rue, un divan, des fauteuils en osier, la reproduction d'une gravure d'Edvard Munch accrochée au mur. La porte qui donnait sur le volume carrelé de la salle de bains était entrouverte et Sophie vit son nécessaire à raser impeccablement rangé sur le réservoir de la chasse d'eau.

Otto, qui plaisantait gentiment avec Francis, lui sembla presque frivole ce soir-là. Il y avait une espèce de mystère dans l'affection que les deux hommes semblaient se porter. Mais un mystère n'est pas nécessairement complexe, se dit-elle. Peut-être était-ce quelque chose de simple, qui les mettait à l'aise, sans les problèmes d'une trop grande intimité. Otto n'avait pas d'amis proches. Les vieux liens qui l'attachaient à son associé, Charlie Russel, ressemblaient déjà à une éternelle bouderie. Otto commençait à se poser des questions et ce qu'il en disait à Sophie trahissait un mépris croissant dont lui-même, pensait-elle, était à peine conscient. Les qualités qu'il avait autrefois admirées chez Russel étaient maintenant au centre de leurs désaccords. Il appelait impulsivité et vanité ce qu'il décrivait avant comme de la chaleur et de la générosité. D'une certaine manière, supposait Sophie, Otto définissait son propre caractère en l'opposant à celui de son vieil ami. Il avait toujours cru qu'ils se complétaient bien. Alors qu'il avait tendance à se montrer plutôt rigide, Charlie était souple ; quand il prenait les choses au pied de la lettre, Charlie se servait de son imagination. « Mais, mon Dieu, pourquoi, quand il mange, se salit-il toujours ? avait-il un soir demandé à Sophie. Exactement comme il le faisait déjà quand nous étions à l'université. Et dire que je voulais lui ressembler ! Je me détestais d'être aussi impeccable ! Je croyais manquer de largeur d'esprit... en me montrant aussi maniaque. » Ainsi, l'érosion avait commencé son œuvre.

Il y avait un homme en Californie, un médecin, avec qui Otto entretenait une correspondance suivie, bien qu'il ne le vît que rarement, quand il venait à New York pour un colloque médical. L'unique fois où elle l'avait rencontré, Sophie l'avait trouvé froid, bouffi de théories provinciales sur l'aristocratie et de positions politiques à l'avenant. Pourtant, Otto parlait de lui avec respect, et même avec affection.

Peut-être Otto aimait-il Francis parce que ce dernier se montrait naturellement amical. Il était touchant. Plaisant.

« Je ne connais rien à la nature, dit Sophie en feuilletant le livre qu'il lui avait donné. Je ne connais le nom d'aucun insecte, ni arbre, ni fleur sauvage. »

Francis sembla immédiatement prendre en compte ce qu'elle disait. « Jean, ma femme, répondit-il, ne s'intéresse pas aux choses elles-mêmes, pourtant elle sait toujours leur nom. C'est une forme d'esprit... particulière. Qui pose pourtant certains problèmes. Elle ne lit que pour se former une opinion, et ensuite, elle ne se souvient pas de ce qu'elle a lu, uniquement des opinions. À mon avis, vous êtes très différente. » Sophie se sentit vaguement flattée, bien qu'elle ne sût pas ce qu'il entendait par différente. Cependant, elle était mal à l'aise ; la flatterie ne lui paraissait pas seulement ambiguë, mais d'assez mauvais goût. D'un autre côté, elle avait elle-même manqué de franchise. Pourquoi lui avoir fait croire en son ignorance ? Pour le flatter ? Ou l'avait-il irritée par sa jovialité facile, quand il avait posé le livre sur ses genoux ? Et n'avait-elle pas cherché à faire preuve non pas d'ignorance, mais d'indifférence envers ce qui l'intéressait, lui. Tous deux avaient été trompés.

Ils burent du cognac et écoutèrent Francis parler de son travail. Il profitait, disait-il de l'avantage de n'être pas connu ; il constituait un appât si peu attirant, qu'aucun gros éditeur ne tentait de l'avaler, et non seulement il restait libre de publier à peu près ce qu'il voulait, mais il échappait aussi, du fait qu'il se tenait totalement à l'écart des œuvres de fiction, aux terribles exigences de la mode. Il s'occupait de ses petites bêtes et de ses plantes ; la nature était un monde mille fois plus étrange et intéressant que notre société humaine. Il décrivit, avec un sourire charmant, la façon dont une certaine larve réussit à s'immiscer dans le cerveau d'un oiseau chanteur, où elle termine sa métamorphose.

« Comment tu le trouves ? demanda Otto plus tard, tandis qu'ils essayaient de se frayer un chemin à travers la foule qui se pressait dans l'entrée du théâtre.

— Très bien, répondit-elle. Gentil, très gentil.

— Je ne sais pas si c'est de la gentillesse. Je dirais plutôt qu'il n'a pas de cœur, en fait. C'est étrange. Tu as vu comme il est… courtois, avec des manières presque vieillottes. Il affecte une grande tolérance envers le monde, il reste calme, il se tient en dehors. Je crois que personne ne peut vraiment être comme ça – soit tu es déconcerté et effaré, soit tu ramènes tout à l'esthétique, à la politique, à la sociologie du sexe ou que sais-je… Mais Francis – et quand je dis sans cœur cela ne signifie pas qu'il est dur – présente une surface absolument impénétrable, tout en donnant l'impression de ne jamais rien cacher. Je ne me laisse pas prendre à son jeu, et pourtant je l'aime bien. Il me met de bonne humeur. »

C'était, de la part d'Otto, une très longue analyse. Sophie le regarda, surprise. Il lui donna le programme tendu par une ouvreuse qui leur montra ensuite impatiemment leurs sièges. Ils contournèrent deux hommes qui portaient des vestes de soie brodée et baissèrent leurs fauteuils.

« Je ne t'ai jamais entendu parler aussi longtemps de quelqu'un, dit-elle.

— C'est pour ça, répondit-il. C'est parce que je l'aime bien, et que je ne sais pas pourquoi.

— Mais ils vont vraiment se séparer ou divorcer ?

— Je ne crois pas. Il part tout le temps la voir. Il dit qu'elle est réaliste. Et je pense que, dans sa bouche, c'est un reproche. Peut-être à cause de la façon dont il le dit, avec ce sourire confiant qu'il a souvent.

— Peut-être qu'il l'aime.

— Qu'il l'aime ? Je n'en sais rien. En fait c'est là que son absence de cœur se révèle vraiment. Il veut gagner. Il peut raconter ce qu'il veut, à mon avis, c'est elle qui l'a mis dehors. Il dépend tellement d'elle… Elle fait partie de ces femmes qui organisent tout, j'imagine, elle m'a paru inflexible, au téléphone. Totalement inflexible. Il y a des tas de choses qui marchent très bien entre eux. Il reste là assis dans son vieux bureau minable pendant qu'elle prend le monde en main.

— Je me demande pourquoi elle l'a mis dehors.

— Ce n'est qu'une supposition. Je suis presque sûr qu'il va s'arranger pour y retourner. Il m'a dit qu'il s'inquiétait à propos des autres gosses qui viennent voir ses enfants, ils pourraient casser quelque chose à quoi elle tient, ou se servir de son savon.

— De son savon !

— Du savon anglais. De chez Pears, m'a-t-il dit. Il donne toujours des tas de détails de ce genre. »

Elle lui tendit les écouteurs, pour la traduction simultanée. « Tu les veux ?

— Comme si j'avais le choix! » grommela-t-il en les prenant.

Sophie eut beau concentrer son attention sur la scène, le premier acte lui fut en partie gâché. Quelqu'un, apparemment découragé, avait quitté la salle en laissant ses écouteurs en marche, et la petite voix monotone de la traductrice continuait de percer l'air de ses notes stridentes. Il fallut attendre la moitié du spectacle avant que les ouvreuses trouvent le casque. Pendant l'entracte, Otto, l'air endormi, sortit fumer un cigare. Sophie resta assise, consciente que le programme était en train de glisser de ses genoux, mais étrangement inerte, comme si l'interruption de la pièce l'avait laissée sans rien à penser, ni à faire. Mais juste au moment où Otto redescendit l'escalier pour rejoindre leur rangée, elle se redressa sur son siège, referma ses doigts au bord du papier glacé et se mit à penser à Francis Early avec une telle intensité qu'elle en perdit le fil de l'histoire jusqu'à l'avant-dernier instant.

Quelques semaines plus tard, Sophie donna rendez-vous à Otto et Francis à la bibliothèque Morgan où avait lieu une exposition de dessins de fleurs et de plantes. Otto l'appela à la dernière minute pour lui annoncer qu'il ne pourrait pas venir.

Longtemps après que Francis fut retourné à Locust Valley avec sa gravure de Munch sous un bras et un carton de livres attaché avec une corde à linge dans l'autre main, Sophie se demandait encore ce qui serait arrivé si Otto ne les avait pas laissés seuls. La réponse qu'elle donnait à cette question dépendait de son humeur. Pourtant, dès qu'il s'agissait de reconnaître les différents motifs qui les avaient conduits tous deux jusqu'au divan du studio de Francis, elle ne pouvait plus se mentir à elle-même. Elle avait peut-être été pour lui une aventure parmi d'autres. Mais pour elle, ce ne pouvait être que lui.

À trente-cinq ans, elle était trop vieille pour tomber amoureuse, voilà en tout cas ce qu'elle se dit quand ils montèrent dans le taxi au coin de la 39e Rue et de Madison Avenue. Il donna son adresse. Ils regardaient droit devant eux, assez raides. Elle lut le numéro de licence du chauffeur et mémorisa son nom, Carl Schunk. Ils ne se parlèrent pas. À un moment, Francis prit sa main gantée dans la sienne, et un frisson la parcourut, et sa bouche devint sèche.

Elle sut alors, par une douloureuse prémonition, qu'il lui manquerait longtemps. Mais un instant plus tard, elle avait oublié ; l'intensité de ce qu'elle ressentait pour lui oblitéra tout le reste. Elle se le rappela, comme si cela avait appartenu à une autre vie, disant de sa femme qu'elle savait toujours comment les choses s'appelaient. Avait-il prononcé ces mots de façon plaintive ? Elle ne l'avait pas écouté avec assez de circonspection pour le comprendre, alors que cela aurait pu l'aider, maintenant. Mais en admettant qu'il se soit plaint, qu'est-ce que cela changeait ? Et si, au contraire, quelque chose dans sa voix avait révélé un attachement inaltérable ? Pourquoi se soucier de Jean, de la maison de Locust Valley, des trois enfants, de leur histoire, d'Otto, de son propre passé, de ce qui allait arriver ?

Avant, ils s'étaient arrêtés devant une des vitrines de l'exposition, et il avait parlé de photogravure de façon un peu pédante, puis il s'était tourné vers elle en souriant. Il avait croisé alors le regard médusé qu'elle fixait sur lui ; il avait rougi. Elle avait vu le sang monter, envahir son cou et son visage. Il l'avait prise par le poignet et dit : « Oh ! »

Ce qu'elle avait ressenti à cet instant était sans aucun doute du ravissement. Il avait reconnu tout de suite la violence de l'émotion qui s'était emparée d'elle, et la gratitude que provoqua chez Sophie cette reconnaissance fut pendant un court instant obscurcie par l'idée qu'il n'avait rien d'autre à lui offrir. Son poignet s'était tortillé dans la main de Francis, elle avait avancé les doigts vers sa manchette, touché sa peau. Lorsque, des années plus tard, elle essayait de se rappeler le son exact de sa voix, se souvenant avec une certaine joie douloureuse que c'était elle qui avait provoqué cette rougeur étonnée, ce « Oh ! » involontaire, elle se désespérait. La voix refusait de revenir ; elle ne pouvait l'entendre.

Peu après la péroraison qu'il avait faite devant la vitrine, Sophie se retrouva allongée à ses côtés sur le divan, la tête à moitié dans le vide, contemplant, somnolente, ses vêtements entassés sur un fauteuil d'osier. En se soulevant de quelques centimètres, elle pouvait voir son visage, si pâle maintenant, si mystérieux.

Depuis cette soirée au théâtre, elle n'avait cessé de penser à Francis. Ce qui venait de se passer entre eux sur le matelas plein de bosses était aussi inextricablement lié à la première vision qu'elle avait eue de lui qu'à la tension qui s'était resserrée autour de sa gorge comme un garrot pour ne se relâcher enfin que dans le silence retentissant de leur déshabillage et s'éteindre dans la violence hâtive de leur étreinte. La jambe fine de Francis glissa alors seulement sur le côté de ses cuisses. Elle fut émue par l'aspect transitoire et négligé de la pièce, le parfum poussiéreux et citronné qui y régnait – peut-être celui d'une lotion qu'il utilisait, ou peut-être de deux fruits sur une table. La lumière semblait être partout à la fois. Des déclarations passionnées montèrent à ses lèvres, mais elle ne les prononça pas. Ce n'était pas la timidité qui lui fit garder le silence. Elle essaya d'extraire de sa conscience la douloureuse impression qu'elle avait d'être dans une pièce qui, en dehors de sa propre présence, se trouvait vide. « Francis ? » murmura-t-elle. Il toussa, passa un bras par-dessus sa poitrine vers une petite table où ses doigts dénichèrent une cigarette et une pochette d'allumettes. Puis le bras se retira, tandis que la chaleur momentanée de sa peau accroissait la conscience qu'elle avait du froid qui s'étendait sur sa chair. « Ça va », murmura-t-il. Il ne semblait pas qu'il lui ait même parlé.

Il lui tapota le bras. Petit à petit apparut de nouveau sur ses lèvres ce sourire familier, sympathique et triomphant.

Au téléphone, ils parlèrent quelquefois d'amour. Un jour, elle perçut dans sa voix une extraordinaire excitation ; elle pensa que c'était gagné, et soudain libérée du poids informe et terrifiant de l'issue pas très belle de leurs ébats, elle lui parla sans honte de ce qu'elle ressentait pour lui. Pourtant. quand ils se revirent, rien ne semblait changé.

Mais elle avait un trésor secret ; les images amassées lorsqu'elle le voyait la chercher quand ils se retrouvaient dans un bar où, comme d'habitude, elle était arrivée en avance, lorsqu'elle l'observait en train de faire du café sur son réchaud, lorsqu'elle remarquait avec un plaisir intense son dos long et fin, ses épaules légèrement tombantes, son profil nettement dessiné tandis qu'il se tournait de temps à autre pour lui dire quelque chose.

Plus tard, pendant une période où il n'y eut de place dans ses pensées que pour la commémoration obsessionnelle et implacable, un désir pervers d'avilir la tendresse qu'elle avait eue pour lui la conduisit à se persuader que tout cela n'avait été qu'une espèce de lubricité fatiguée de femme vieillissante. Elle en était alors arrivée à détester l'entente qui lui avait donné tant de plaisir. Il s'agissait d'une armure, de l'expression de son détachement définitif. Derrière cette cotte de mailles, s'étendait le désert de sa vie, la déception qu'il ressentait vis-à-vis de lui-même, l'échec de son mariage, son mépris véritable pour sa misérable maison d'édition et sa honte devant les efforts qu'il déployait pour transformer ses limites en vertus. Pourtant, il ne semblait pouvoir changer – même son amertume servait d'une certaine manière ses intérêts. Elle ajoutait à son mystère; elle donnait à son sourire une tristesse insaisissable et faisait partie de sa capacité à toujours reconnaître le véritable sens caché derrière ce que disaient les gens, comme si son âme attendait dans les coulisses d'un théâtre, prête à en sortir brusquement pour les englober dans la conscience universelle.

Elle lui avait acheté un jour un transistor. Elle le lui avait donné dans son emballage de carton et, quand, tout en en défaisant les agrafes, il avait dit qu'il devrait s'offrir un de ces jours une radio, elle avait souri, heureuse de l'avoir devancé, de lui avoir apporté ce qu'il voulait. Il accepta son présent avec reconnaissance; sa voix trahissait de l'admiration – il admirait sa prévenance – et laissait entendre, laissait seulement entendre, que personne ne s'était jamais donné la peine de lui faire un cadeau, que personne ne s'en était inquiété, sans que cela le trouble. Il faisait juste partie de ces hommes à qui l'on n'offre rien.

Une semaine plus tard, quand Sophie était allée chez lui, il avait un autre poste. Une femme qu'il publiait, une naturaliste au grand cœur, le lui avait simplement envoyé, à son grand étonnement, raconta-t-il. Il pouvait capter la FM, les fréquences de la police et Dieu sait quoi encore. Il était recouvert de cuir, très chic et très puissant. « Je reçois le monde entier », dit-il. Sophie tendit le bras vers l'appareil mais ne le toucha pas. Qu'avait-il fait du sien ? L'avait-il balancé par la fenêtre ?

Elle aurait aimé piétiner sa nouvelle radio sur son sol poussiéreux. Au lieu de cela, elle lui sourit. Elle ne savait pas comment violer le pacte de leur sourire mutuel. Un sourire malsain. Qui resta sur son visage tandis qu'elle se déshabillait. Et qu'elle garda plus tard encore, rictus défigurant qu'elle rapporta chez elle.

Quelques semaines seulement après le début de leur liaison, elle passa par des intermèdes horribles d'autocritique pendant lesquels elle se voyait comme une idiote, *l'idiote*. Les jugements changeants qu'elle portait sur elle lui firent comprendre à quel point son histoire avec Francis l'avait violemment recentrée sur sa propre personne. En se laissant aimer d'elle, il lui avait montré sa solitude humaine. Pourtant, elle n'avait jamais paru si bien ; le blanc de ses yeux était aussi clair que celui d'un enfant, ses cheveux sombres particulièrement brillants, et alors qu'elle ne mangeait pas beaucoup, ses vêtements semblaient prêts à craquer, non pas parce qu'elle avait grossi, mais sous l'effet d'une énergie galvanisée. Elle avait l'impression de devenir pure tension, trouvait que les traits de son visage démesurément plastique se resserraient, que sa peau olivâtre s'éclairait. Elle n'avait pas un moment de repos tant elle pensait à lui, encore et encore. Elle devenait acérée comme une flèche. « Tu ressembles à une flèche », lui dit-il. Elle avait couru pour le rejoindre, touché son bras, senti – à travers les manches de sa veste et de sa chemise, et même, lui semblait-il à travers sa chair – qu'il se retirait loin d'elle. Son cœur se serra, faiblit. Il l'embrassa sur le front. Elle glissa la main entre son pantalon et sa peau, toucha ses petites fesses hautes. Il rit et lui raconta l'histoire d'un ver dont les tronçons survivent quand on le coupe en morceaux. Ils burent du vin blanc. D'un air absent, il lui effleura le lobe de l'oreille. Elle se leva. Il la poussa contre le mur, releva sa jupe. Elle essaya d'aller au-devant de ses désirs. Il se pressa contre elle, et soudain se détourna, lui montra un nouveau livre sur les fougères. Elle entendit le tintement d'une pièce de monnaie qui tombait de sa poche et roulait sur le sol. Sur le divan, il s'agenouilla près d'elle, examina son corps avec une vive curiosité, sans passion. Une incontrôlable quinte de toux l'assaillit, qui résonna en elle, voyagea dans son ventre, remonta jusqu'à sa poitrine. Elle était outrée qu'il puisse la faire rire en un tel instant. Mais elle ne put s'empêcher de rire. Ils tombèrent du lit. Ses os n'étaient plus si jeunes, et elle eut mal. « Il faut que je renonce à fumer ou à baiser », dit-il. La grisaille du retour s'étendait devant elle. Le quitter était impensable. Quelquefois elle prenait un taxi. Elle se laissait conduire sans rien voir, la bouche légèrement gonflée, les joues rosies.

Quand il en eut assez, plus qu'il n'avait jamais désiré, cela fut clair. Il lui demanda si elle pouvait s'imaginer, si elle s'était jamais imaginée sur une scène. Pourquoi lui demandait-il ça ? Oh, pour rien de spécial, mais la façon dont elle parlait parfois, dont elle tenait la tête, son emphase… « Tu veux dire que je suis théâtrale ? » Eh bien… pas exactement.

Puis, une fin d'après-midi, il lui dit qu'il devait retourner à Locust Valley. Il devait comprendre ce qui s'était vraiment passé dans son mariage. Sinon, comment pourrait-il jamais avoir une autre relation ?

« Une relation ?

— Je ne peux pas épouser quelqu'un d'autre tant que je ne saurai pas ce qui nous est arrivé, à Jean et à moi », dit-il.

« Quelqu'un d'autre », cria en elle une voix intérieure.

Il n'évoquait plus sa femme sur un ton anodin. Lorsqu'il parlait d'elle, son visage se fronçait, il détournait son regard de Sophie vers un objet quelconque de la pièce, du bar ou du restaurant. Il allait rendre visite à ses enfants plus souvent. Il appelait Sophie une heure ou deux avant qu'elle s'apprête à partir de chez elle pour le retrouver et disait avoir un imprévu. Il ne pouvait pas la voir ce jour-là. La semaine prochaine, peut-être.

La dernière fois qu'elle se leva de son divan, elle pensa, le temps d'un incroyable instant, qu'elle était couverte de sang, et que ce sang dessinait sur son corps la marque de celui de Francis.

Que serait devenue sa vie si leur liaison avait continué ? Si elle avait été cette « relation » dont il avait parlé ? Aucune importance. Qu'ils se soient lassés l'un de l'autre, qu'ils aient roulé dans les vieilles ornières de l'habitude et de l'ennui du sexe n'avait aucune importance. Elle l'avait choisi tard, à un moment où les choix sont presque toujours hypothétiques. C'était un choix conditionné par le temps.

« Il est rentré à Locust Valley, annonça Otto un soir.

— Qui ? demanda-t-elle bêtement, et nouée d'angoisse.

— Francis est retourné chez lui. Et à mon avis, cette fois il ne repartira pas. » Puis il ajouta : « C'est un imposteur.

— Je croyais que tu l'aimais bien.

— Oui, je l'aime bien. C'est un garçon très attirant. Mais je crois que c'est un imposteur. Il ne peut pas s'en empêcher. »

Avait-elle fini par étouffer Francis ? S'était-il réfugié à Locust Valley parce que de l'air vicié valait mieux que pas d'air du tout ? Mais que savait-elle de l'air de Locust Valley ? Et l'amour était-il étouffant ? Pourtant, elle ne pouvait effacer ce qu'elle savait maintenant. Il s'agissait d'un engagement, même pas d'un choix, juste un engagement, et contre un tel roc, tout se brisait, résolutions et désirs, paroles et présomptions. Aucune lutte possible ne l'aurait arraché à cet engagement. Ce qu'était sa femme n'entrait pas en ligne de compte. Et même s'il l'avait aimée, elle, Sophie, cet amour lui non plus n'y aurait rien changé.

« À quoi penses-tu ? » demanda Otto. C'était, de sa part, une question inhabituelle. Sophie rougit. « Au mariage », dit-elle. Il sourit, un sourire simple, quelque peu abstrait.

Qu'ils se retrouvent assis l'un en face de l'autre, comme ils le faisaient depuis des années, et que leur intimité habituelle ait subi une infraction aussi violente sans qu'il en reste de trace était pour Sophie un déchirement. Qu'elle ait vécu si ardemment, pendant tous ces mois, une vie distincte de la sienne sans qu'il se doute de rien signifiait que leur mariage s'était écroulé bien avant qu'elle rencontre Francis ; ou pire : une fois les définitions, les règles outrepassées, il ne restait plus rien. Ce que l'on construit n'a pas de véritable existence. Poursuivant implacablement son chemin sous la carapace de la vie ordinaire et de ses arrangements sommaires, il y avait l'anarchie.

Elle savait où elle était allée, pensa-t-elle. Mais Otto, où avait-il été ? Qu'avait-il pensé ? N'avait-il absolument rien su ? Elle le regarda un long moment au-dessus de la table. Il ne semblait pas conscient d'être observé. Il mangeait de la compote qu'elle avait préparée dans l'après-midi. La cuillère tintait doucement. L'odeur citronnée des pommes flottait dans l'air. De sa main gauche, Otto roulait le coin de sa serviette froissée. Ses yeux, quand il la regarda à l'autre bout de la table, ne renvoyèrent aucun reflet de ce qu'il vit. Son front était légèrement froncé, ses épaules voûtées.

Il s'était mis à parler de la guerre – le fils d'un de ses clients lui avait téléphoné pour savoir quels seraient ses droits s'il se déclarait objecteur de conscience. Et quand ce garçon lui avait dit qu'il viendrait bien bavasser avec lui, Otto avait refusé de lui parler davantage.

« Mais tu sais ce que bavasser veut dire, non ? demanda-t-elle.

— Il se trouve que oui, mais c'est un pur hasard. C'est exactement comme si je m'étais adressé à lui en allemand avec la certitude idiote qu'il devait me comprendre.

— Mais il avait besoin d'aide ! Et la façon dont il la demandait n'a aucune importance.

— Je lui ai dit de me parler normalement. Il a répondu "Ouahou". Cette gélatineuse onomatopée. Ouahou, Ouahou, Ouahou… hurlent les chiens à la lune. Puis il a ajouté qu'il pigeait ce que je voulais dire, mais qu'il faisait ce qu'il voulait et parlait comme il le voulait, et je lui ai demandé où il avait lu que les gens pouvaient faire ce qu'ils voulaient ?

— Oh, Otto !

— Fous-moi la paix ! » cria-t-il, et il repoussa sa chaise puis sortit de la salle à manger. Un instant seulement s'était passé et elle dut pourtant faire un effort de mémoire pour visualiser l'expression qu'il avait eue quand il était encore assis en face d'elle. Furieux, il avait hurlé et quitté la pièce. Pourtant, ce qu'elle avait vu sur son visage ne trahissait pas la colère, mais le désarroi ; l'incompréhension de celui qui ne sait pas pourquoi il se sent malheureux.

Sophie ne revit Francis que six mois plus tard, un jour où il lui téléphona soudain à midi. Ils prirent rendez-vous pour boire un verre ensemble. Il était debout au bar, en train de lire, des lunettes sur le nez. « Bonjour », lui dit-elle. Elle tendit la main vers son bras, puis la retira. « Bonjour Sophie », répondit-il.

Ils s'assirent à une petite table ronde, leurs genoux emmêlés jusqu'à ce qu'il écarte sa chaise. Ils parlèrent du livre qu'il lisait, un récit des fouilles de Sir Leonard Woolley qui s'étaient déroulées en Turquie, dans la province d'Hatay, à côté d'Antioche. C'était son nouveau dada, l'histoire de la Haute Antiquité. Et comment allait-elle ? Que faisait-elle maintenant ? Il dit qu'elle avait l'air en forme, plus mince, et elle sourit, oui, oui, plus mince que jamais. Elle s'étonna de le voir porter des lunettes. Pour lire, dit-il. Les silences qui s'installaient entre eux étaient une sorte de sommeil ; dès qu'elle n'entendait plus sa voix, ses yeux avaient tendance à se fermer. Elle trouvait qu'il s'était épaissi, mais elle lui demanda seulement s'il avait grossi.

Peut-être ne perdrait-il jamais ce beau visage clair et dégagé, cette limpidité dans l'expression. Une grâce, pensa-t-elle, qui n'était qu'un vestige, et avait survécu à travers l'adaptation qui l'avait corrompue.

Elle lui expliqua qu'elle n'avait pas été très bien. Elle ne lui dit pas qu'elle avait souffert une perte irréparable. Au lieu de cela, elle se mit, non sans avoir hésité, à énumérer ses maux, sa fatigue, son anémie – mais elle vit qu'il l'écoutait d'un air un peu ironique qui la fit s'arrêter. Elle n'aurait pas su dire de quoi il s'agissait exactement, son léger sourire, ses yeux qui se plissaient, la position de son corps qui changeait légèrement. Il la mit dans un taxi. Elle se retourna vers lui, le vit par la vitre arrière de la voiture. Il ne la regardait pas, il contemplait la vitrine d'une boutique.

7

Otto se tenait debout près de la fenêtre. Le ciel était couleur de cendres. Bien que son visage lui fût caché, Sophie sut qu'il suivait avec attention quelque chose qui se passait dans la rue. Il tenait son pyjama d'une main. Nu, juste à côté du rebord saillant d'une commode, il semblait vulnérable, comme diminué par la perspective, et suppliant. Quand elle se sortit de la tiédeur du lit, qui avait à peine émoussé sa fatigue, et alla vers lui, elle vit qu'il avait l'air sombre, et dégoûté.

« Quelle heure est-il ? demanda-t-elle.

— Je ne sais pas… environ sept heures, probablement », répondit-il sans se retourner.

Elle suivit la direction de son regard. Sur le trottoir d'en face, un homme noir tournoyait entre le porche et le bord du trottoir, revenait, repartait. D'une main, il agrippait le tissu replié de son pantalon. De l'autre, il tenait un avion de plastique vert. En haut de ses jambes qui s'agitaient sauvagement, ses fesses nues avaient une espèce de gravité. Sa marche de côté le propulsa soudain contre le piquet d'une barrière métallique peinte en noir. Il s'effondra, ses genoux se resserrèrent en une violente génuflexion, son chapeau tomba, son derrière nu atterrit sur l'arrière de ses talons. Il lança une main en l'air, de l'autre attrapa la barrière, contre laquelle s'écrasa l'avion vert. Puis il se mit à vomir.

Une voiture noire passa, bruyante. Ils virent le Noir, la tête renversée en arrière, les yeux fermés. Son chapeau, à cet instant seulement, s'immobilisa dans le caniveau. Dans un mouvement frénétique, il bascula de nouveau en avant.

« Ne regarde pas…, supplia Sophie, en tirant Otto par le bras.

— Chut…

— Sors de là. Reviens te coucher.

— Attends !

— Tu ne devrais pas regarder. Ce n'est pas bien…

— Il est tombé dedans. »

Quelque part derrière leur maison, un chien hurla, déclenchant une série d'aboiements angoissés, qui se glissèrent, se coulèrent à travers la grisaille encore épaisse de l'air. Sophie prit Otto par la taille. Il était moite.

« Je voudrais vivre dans un endroit où l'on ne tourmente pas les chiens, dit-elle.

— À Versailles ? murmura-t-il en lui jetant un regard féroce. Pourquoi est-ce que tu te lèves si tôt ? » demanda-t-il. Sans attendre sa réponse, il partit dans la salle de bains. Elle reporta son attention sur la rue. Le Noir était prostré en face d'une poubelle métallique enchaînée à la rambarde à laquelle il s'agrippait toujours. Juste quand elle regarda, la main de l'homme retomba et s'abattit sur le trottoir tandis que l'avion vert allait s'écraser un ou deux mètres plus loin. Elle prit soudain conscience de son propre malaise ; elle avait la bouche pâteuse, le corps épuisé, et l'esprit corrompu par la réminiscence. Elle s'était rendormie en se berçant de souvenirs de Francis Early, comme une petite vieille qui serre contre elle un chiffon en guise de bébé. Ses bras pendaient lourdement contre ses flancs. La pièce sentait le renfermé. Elle entendit le bruit de la chasse d'eau, celui d'un robinet ouvert, puis le son ouaté des pas d'Otto qui revenait dans la chambre. Elle aurait aimé retourner dormir, mais restait là, debout devant la fenêtre sur laquelle elle avait tiré les rideaux, dont elle sentait la surface rêche. Il allait falloir les donner à nettoyer. Le Noir bougea un peu.

« Seigneur ! Il se relève », dit-elle.

Otto soupira, se laissa tomber sur le lit et s'enveloppa dans la couverture.

« Comment va ta morsure ?

— Mieux, je pense », dit-elle en allumant une petite lampe et elle regarda sa main. Elle était encore enflée, mais moins rouge. « C'est douloureux. Tout mon bras me fait mal. Mais ça a l'air de s'arranger.

— Il faut qu'on te fasse une piqûre antitétanique aujourd'hui. Ça se fait n'importe où. » Tout cela semblait finir par l'ennuyer.

« Oh, ce n'est pas la peine », dit-elle, lasse d'elle-même

Il la regarda les yeux mi-clos. « Tu te laisses vraiment aller, Sophie, dit-il. Il y a des choses par lesquelles il faut passer sans même y réfléchir.

— Peut-être qu'il n'est pas soûl. Peut-être qu'il est malade, dit-elle.

— Il est soûl, répondit Otto. Viens te coucher.

— Mais comment peux-tu le savoir ?

— Ne crie pas.

— Tu ne peux donc pas garder un peu de place pour le doute ? Il est peut-être en train de faire une crise d'épilepsie ! Ou un infarctus ! Tu es tellement plus malin que tout le monde, toujours en train de prendre les autres en faute… la vraie version américaine de la sagesse ! Et même s'il était ivre ? Cela ne te suffit pas ? »

Lentement, Otto tira la couverture au-dessus de sa tête. Ses jambes dépassèrent de l'autre côté. La mâchoire serrée comme un étau, Sophie courut vers le lit et arracha tout ce qui le protégeait. Il tendit la main, l'attrapa par les cuisses et elle tomba sur lui. « Tu parles trop, dit-il, et tu commences à utiliser l'adjectif "américain" de façon péjorative. Est-ce que tu détestes ton pays ?

— C'est toi, que je déteste, répondit-elle

— Très fort ?

— Non. »

Soudain vidée de l'excitation nerveuse qui lui avait fait momentanément oublier sa fatigue et l'hébétement monochromatique de cette heure matinale, elle enfouit son visage au bord du lit. Otto se mit à lui caresser le dos à travers sa chemise de nuit, d'une façon quelque peu apathique. Elle était heureuse qu'ils ne se soient pas battus – elle n'en avait pas l'énergie – mais derrière sa gratitude affleurait un malaise obstiné. Otto allait-il lui faire l'amour pendant que, dans la rue, l'homme noir dormait dans son vomi ?

Elle convoqua le fantôme de son ancien amant. Il s'assit sur une chaise droite, vêtu d'une veste de daim marron. Il ne la regardait pas. Un soutien-gorge pendait au dos de la chaise où elle l'avait posé, et Francis se penchait légèrement en avant comme pour éviter tout contact avec lui. Elle voulut qu'il s'adosse. Il commença à disparaître. À Locust Valley, il devait être en train de dormir, allongé contre Jean, qui savait le nom de tout ce qui existait... Une larme coula le long de sa joue. Elle ne serait jamais débarrassée de lui. La main d'Otto était immobile. Elle écouta sa respiration. Il s'était rendormi.

Lorsqu'ils se réveillèrent, au milieu de la matinée, le ciel était clair, rose pâle, prometteur.

« Qu'est-ce que tu fais aujourd'hui ? lui demanda-t-il pendant qu'ils prenaient leur petit déjeuner.

— Je mange avec Claire.

— J'aimerais bien que tu passes chez le médecin.

— J'appellerai Noel cet après-midi.

— Sûr ?

— Il ne sera pas là un samedi.

— Il a un répondeur, il rappellera.

— Les répondeurs sont là pour étouffer les cris que poussent les mourants, dit-elle.

— J'aurais bien aimé ne pas être obligé d'y aller, aujourd'hui, dit-il. Le départ de Charlie a semé la pagaille, oh, rien de grave… »

Elle se leva brutalement et emporta leurs assiettes dans la cuisine. Quand elle revint, il était dans le salon, en train de vérifier le contenu de sa serviette. Elle vit un livre qui dépassait sur le côté, l'attrapa négligemment et le sortit pour voir le titre. Puis elle l'ouvrit à la page marquée par un bout de papier.

« Tu lis ça ? » demanda-t-elle.

Il jeta un coup d'œil au livre et hocha la tête. C'était *La mort d'Ivan Ilitch*[1].

Elle l'accompagna à la porte.

« Il est parti, dit-elle en regardant par les carreaux de verre.

— Qui ?

— L'homme, le Noir. Il est parti, c'est tout.

— Un ange l'a emporté, dit-il. Le chat n'est pas revenu ?

1. De Léon Tolstoï.

— Je ne l'ai pas vu. »

Il s'arrêta, tendit la main vers la poignée, puis toucha les cheveux de Sophie.

« Est-ce que tu es descendue lire, la nuit dernière ? A un moment, je me suis réveillé et tu n'étais pas dans le lit. »

Elle se mit à rire, sans le vouloir, essaya de s'arrêter.

« Qu'est-ce qu'il y a ?

— Je n'étais même pas dans la maison, dit-elle. Charlie est venu.

— Charlie !

— Il est venu ici au milieu de la nuit, et il avait besoin de parler. Il a dit qu'il voulait te voir. Il était un peu ivre. Nous sommes allés dans un bar de Clark Street. » Elle continuait à rire. Un *fou rire*[1], se dit-elle sévèrement.

Il la repoussa dans l'entrée.

« Pourquoi est-ce que tu ne m'as pas réveillé ? Pourquoi est-ce que tu ne m'en as rien dit jusqu'à maintenant, au moment où je pars ?

— C'est pour ça que je ris. Parce que j'ai oublié. J'ai tout simplement oublié. »

Il posa sa serviette par terre. « Tu es exaspérante, dit-il doucement.

— Pourquoi est-ce que tu lui as dit "Bonne chance, mon gars" ? » demanda-t-elle, obstinée, et elle regretta immédiatement de l'avoir fait. Elle avait eu envie de le secouer ; son propre rire l'avait décontenancée, mais elle n'avait pas voulu l'humilier, et c'est pourtant ce qu'elle avait fait en lui rapportant sa sottise, au lieu de lui lancer une insulte qu'elle pouvait retirer.

1 En français dans le texte.

« Je suis désolée, cria-t-elle. Oh… excuse-moi. »

La voix d'Otto était presque inaudible. « Ce n'est pas la peine de m'en dire davantage…

— Il était en colère, dit-elle, impuissante. Il essayait de t'atteindre à travers moi. Il est blessé, parce qu'il a l'impression que tu ne donnes pas assez de poids à ce qui se passe, à votre séparation… par ton indifférence. Oh, je ne sais pas… »

Il regarda sa montre d'un air morne. « J'ai tellement abattu de travail, pendant toutes ces années », dit-il. Les accents de sa voix étaient mesurés, mais il regardait fixement l'épaule de Sophie, et elle sentit en haut de son bras une légère tension, comme s'il s'y était appuyé. « Charlie est un séducteur. Il y a une sorte de flatterie, tu sais, à laquelle il excelle. » Il s'arrêta. Elle eut le sentiment qu'il parlait sans y penser et elle comprit qu'il ne croyait pas beaucoup à l'efficacité de mots qui ne servaient, après tout, que ce qui pouvait être dit. La vérité des êtres n'avait pas grand-chose à voir avec ce qu'ils disaient d'eux-mêmes ou ce que les autres disaient d'eux. Elle éprouva un élan de sympathie pour lui. Il était incapable d'exprimer ce qu'il avait en tête.

« Je sais, répondit-elle rapidement. Je sais exactement ce que tu veux dire. » Elle était profondément émue par le fait qu'ils en étaient tous les deux incapables. Il avait l'air très fatigué. « Tu es obligé d'y aller ? demanda-t-elle.

— Les dossiers…, dit-il. Il y a tant à faire. Il emporte une grosse partie de la clientèle avec lui. Je ne sais même pas encore combien de clients.

— Tu t'inquiètes pour lui.

— Oui, il m'a eu, moi aussi.

— Mais tu as des clients qui préféreraient rester avec toi.

— Tu crois ? » Il esquissa un sourire. Elle eut envie de lui parler du coup de téléphone et de l'aveu de Charlie. Qu'elle ait passé des heures avec Charlie, à jouer l'avocate peu convaincue d'Otto, était une chose. Mais qu'il ait appelé et soufflé dans l'appareil comme un détraqué mental lui semblait un élément d'information dangereux. Elle ne savait pas pourquoi.

« Il veut une nouvelle vie, dit Otto en ramassant sa serviette. Même Charlie veut ça. » Il s'en alla alors, assez soudainement, en refermant la porte sur l'au revoir de Sophie.

Elle était stupéfaite de ses mots. « Une nouvelle vie. » C'était un de ces apartés mélancoliques auxquels se laissaient aller les gens d'un certain âge. Mais pas Otto.

Elle se demanda si Charlie allait essayer de voir Otto ce jour-là. Sans très bien savoir comment elle en était arrivée à cette conclusion, elle avait maintenant la certitude que Charlie ne souhaitait pas vraiment affronter Otto ; il était comme le personnage qui crie sur la scène « Laissez-moi lui régler son compte », tout en restant à une distance sûre de son adversaire. Il lui vint soudain à l'esprit que si elle n'avait pas parlé du coup de téléphone de Charlie, c'était parce qu'elle lui avait révélé ce qu'elle-même avait fait. Pourquoi, au nom du Ciel, le lui avait-elle dit ?

8

Le samedi, la rue frémissait doucement. Les propriétaires des environs portaient leurs vêtements de travail ; de vieux garçons et filles en jeans délavés et chemises maculées de peinture soignaient la terre qui entourait les jeunes arbres frêles du trottoir, ou restaient debout immobiles, à contempler leurs maisons d'un œil préoccupé. L'un tenait à la main un seau, un tuyau d'arrosage ou un pinceau, un autre une gratte pour nettoyer les gouttes de peinture sur ses carreaux neufs, et un autre une échelle qu'il appuyait contre le mur pour monter réparer un montant de fenêtre abîmé. Les deux côtés de la rue étaient bordés de voitures, souvent petites et de marque étrangère, dont certaines portaient bien en vue un autocollant indiquant qu'elles avaient été achetées en Angleterre, en Allemagne ou en France.

Sophie, qui regardait de derrière les rideaux du salon, vit un homme qui lavait au jet une portion de trottoir à côté de son perron. Les bras raides, il gardait l'embout près du sol, et son visage avait une expression sévère. Tandis qu'elle l'observait, il laissa soudain tomber le tuyau et alla chercher l'avion vert dans la terre qui entourait « son » érable. Il le fourra dans sa poubelle, déjà débordante, et reprit son arrosage.

À l'arrière, emprisonnés dans les petites cours, des chiens couraient en rond. Des câbles de téléphone, des fils électriques et des cordes à linge se croisaient dans tous les sens, donnant aux maisons, aux poteaux électriques et aux arbres sans feuilles l'apparence d'un dessin tracé d'une ligne continue. La cour des Bentwood était couverte de graviers dans lesquels s'insinuait une étroite allée de briques qui se ramifiait vers un banc de fer peint en blanc, un chérubin de pierre portant une corne d'abondance à peine visible et la margelle d'un petit bassin en ciment. Çà et là, quelques ifs et des plants de kalmia à larges feuilles, que les Bentwood avaient volés, pied par pied, au bord de la Route 9, sur la rive de l'Hudson, côté Jersey, poussaient dans des bassines de métal. Des espaces dénudés, dans la texture régulière des graviers, montraient que des chats avaient gratté la terre.

Sophie resta un moment près de la porte de derrière. À cheval sur une palissade de bois, un chat blanc et gris observait une hirondelle posée, immobile sur la branche principale d'un vernis du Japon. Elle ne savait pas à quoi elle pensait quand elle pressa son front contre la vitre mais elle ressentit une brève appréhension, comme si quelqu'un était entré dans la pièce derrière elle. La maison était plongée dans ce silence particulier du samedi ; elle aurait voulu être habillée et sortie, pourtant elle passait de fenêtre en fenêtre, observant passivement la rue, comme dans l'attente d'un signe.

Elle gravit l'escalier avec indolence. S'habilla, languide. Mais une fois dehors, son humeur subit une transformation radicale ; quand elle monta Court Street jusqu'à la station de métro Borough Hall, elle se sentit ragaillardie. Elle n'avait rien dit à Charlie, en fait. Francis avait sans doute raison, elle avait une certaine tendance au mélodrame, et la visite nocturne de l'associé de son mari avait exacerbé ce penchant. Le chat était en bonne santé. Tout allait s'arranger !

Habillée d'un manteau de tweed français, avec aux pieds des chaussures florentines, elle attendit sur le quai du métro, sa vie réelle tout aussi masquée que celle de ceux qui passaient à ses côtés ou étaient appuyés contre les piliers noircis et balafrés qui soutenaient le plafond.

Puis, consternée, elle sentit ses yeux se remplir de larmes. Elle prit un mouchoir dans son sac et se cacha derrière un distributeur de boissons fraîches. Là, elle trouva deux messages ; le premier, écrit à la craie, demandait : « Qui voudra m'embrasser ? », l'autre, gravé à la clé ou au couteau, disait « Allez tous vous faire foutre, sauf Linda ».

Dans le train, elle ouvrit le livre qu'elle avait pris sur sa table de nuit. C'était une édition anglaise de *Renée Mauperin*[1]. Jusqu'à Fulton Street, elle resta les yeux fixés sur un dessin qui représentait les frères Goncourt. En tournant les pages, elle tomba sur cette phrase : « Les maladies font leur œuvre en secret, leurs ravages restent souvent cachés. » Cela devait mieux sonner en français, se dit-elle, moins médical, plus inquiétant, et plus universel. Elle referma le livre et essaya d'enfiler son gant gauche. La douleur se fit tout de suite sentir. Elle avait été là tout le temps, qui attendait, tapie à l'intérieur de sa main. Le train était bondé maintenant, et il y avait dans l'air l'odeur moite, chaude et aigre, de la foule. Elle aurait pu prendre un taxi, mais cela aurait été faire preuve d'une mollesse d'autant plus détestable qu'elle en avait les moyens. Sophie se tourmentait à l'idée de glisser sur la pente de la dépendance maladive du confort physique.

1. Roman d'Edmond et Jules de Goncourt, 1864.

Alors, elle respira, résolue, l'air vicié et recouvrit de l'autre sa main qui l'élançait. Moins elle y faisait attention, mieux c'était.

Avant d'aller chez Claire, qui l'attendait pour midi, Sophie s'arrêta au Bazar Provençal, une petite boutique d'art culinaire sur la 58e Rue est. Elle voulait une poêle à frire – objet qui régnait, aussi substantiel que le métal dont il était fait, sur un idéal domestique un peu brumeux : un couple d'âge moyen attablé devant une *omelette aux fines herbes*, deux verres de vin blanc, un demi-fromage aux raisins, deux poires dans une coupe d'opaline…

« Celle-ci est de meilleure fabrication, dit une vieille dame, dont le menton pendant était couvert d'une brosse de durs poils gris. Est-ce que cette taille vous convient ?

— Combien mesure-t-elle ? demanda Sophie.

— Il faudrait que j'aie un mètre. Vous savez que vous devez la faire tremper, avant de vous en servir ? »

Sophie se décida finalement pour un sablier en verre destiné à la cuisson des œufs à la coque. Un objet inutile. Le magasin sentait les copeaux d'emballage, le métal huilé, et l'odeur un peu saumâtre de la poterie de Vallauris. Elle tendit l'argent à la femme.

« Votre main saigne, fit observer cette dernière d'un ton froid.

— Non, pas du tout.

— Si. Regardez. Vous avez dû heurter quelque chose. »

Une goutte de sang, une seule, perlait sur la blessure.

« Oh oui, peut-être. »

La femme ouvrit un énorme sac à main noir et en sortit un Kleenex qu'elle tendit à Sophie d'un geste impératif.

« Nous n'avons pas beaucoup de place, ici, dit-elle. Toutes ces nouvelles livraisons sont arrivées hier.

— Ce n'est pas ici que je me suis fait ça. J'en suis certaine, dit Sophie.

— Il faut regarder où on mets les pieds. »

La femme fourra quelques pièces dans la main de Sophie. Les poils de son menton ressemblaient à une fine limaille métallique; ils paraissaient vibrer comme des antennes en quête de proie.

« Mais je ne vous reproche rien, s'exclama soudain Sophie.

— Quoi ? Quoi ? » cria la femme en levant les mains au ciel comme pour se protéger d'un mauvais sort. Sans attendre qu'elle l'emballe, Sophie flanqua le sablier dans son sac et elle s'enfuit.

Claire Fischer vivait dans un atelier non loin de Central Park ouest. La texture extérieure de l'immeuble faisait puissamment penser à une concrétion de matière organique et non à un matériau fait de la main de l'homme. Sa surface entière était recouverte de mottes d'une substance qui ressemblait à du guano solidifié. Sous les poutres noires du plafond bas de l'entrée, un filet de lumière filtrait à travers le verre coloré de fenêtres encrassées. Les appartements étaient tous en duplex et se louaient à des prix exorbitants. Sophie monta par l'escalier de service jusqu'au premier étage, où elle trouva la porte de Claire entrouverte. Elle entra et ressentit, comme toujours, une perplexité troublante au spectacle de cette salle de séjour deux fois plus haute que la normale, avec son escalier de chêne qui menait aux chambres de la mezzanine, sa cheminée de marbre et sa grille victorienne, ses énormes meubles délabrés. Claire les appelait la « stupidité années trente ». Sophie avait l'impression que cette indifférence affichée envers tout ce qui relevait de l'organisation et de la décoration était presque une insulte à son sens de l'ordre : et pour cette raison aussi, elle l'enviait. Sur chaque surface disponible, Claire avait entassé ses assemblages de coquillages et de pierres, d'algues et de plantes séchées, de feuilles, de verre dépoli. Cela donnait l'effet d'une tentative obsessionnelle de re-création du monde naturel en miniature, mais sans plan général. C'était une accumulation, pas une présentation.

« Claire ? appela Sophie.

— Je suis là ! » lui répondit un cri.

Sophie alla dans la cuisine, qui était installée sous la mezzanine. L'appartement s'y rétrécissait, tendant au sordide. C'était affreux ; des caravanes de cafards défilaient sur les étagères et les murs, et les appareils qui étaient là auraient aussi bien pu se trouver dans une décharge. Claire était penchée au-dessus d'un seau près du fourneau.

« Qu'est-ce que tu fais ? Qu'est-ce que c'est ?

— Regarde ça », dit Claire sans changer de position ni même relever la tête. À côté d'elle, Sophie baissa les yeux vers le seau. « C'est de la farine de maïs, sur le dessus, expliqua Claire. Les palourdes qui sont au fond vont remonter vers elle, et devront pour cela se débarrasser du sable qui encombre leur estomac. C'est ingénieux, non ? Je veux dire de ma part, pas de celle des palourdes. Tu as salué Leon ?

— Je ne savais pas qu'il était là », répondit Sophie.

Claire se redressa et fit face à Sophie, avec son visage grave, profondément ridé. Ses yeux étaient bleu vif, leur blanc, légèrement injecté de sang. Un réseau de fines veines rouges partaient du centre de son nez court et rond. Quand elle souriait, comme elle le faisait maintenant, un doigt sur l'épaule de Sophie, on voyait l'intérieur rose sombre de sa bouche, et de petites taches d'or, là où ses dents avaient été soignées. Ses cheveux grisonnants coupés court se dressaient droits tout autour de sa tête. Elle passait souvent la main dans cet épinier, comme pour s'assurer qu'il était encore là. Bien que grosse, elle n'avait pas l'air grasse, mais plutôt vigoureuse. Elle se tenait d'habitude les pieds très écartés, et regardait souvent le sol, comme si elle avait douté de sa stabilité. Elle portait une chemise d'homme, une jupe taillée dans un panneau de coton indien, des socquettes blanches et des espadrilles ; une de ses semelles de corde commençait à se défaire. Une écharpe était nouée autour de sa taille.

« Il est probablement allongé là-haut, dit-elle alors. Il est affreusement fatigué. Je crois que sa femme le conduit à la tombe.

— Je ne savais pas qu'il s'était remarié, dit Sophie.

— Il a épousé une de ses étudiantes de troisième cycle, au printemps dernier, une fille ennuyeuse, mais ennuyeuse, et qui se prend pour une créature à la lubricité débridée. En tout cas, c'est ce qu'il me dit. Tu veux du gin ou du whisky ?

— Du gin.

— Il m'en raconte bien plus que je n'ai envie d'entendre sur cet aspect de sa vie. Qu'est-ce que tu veux, avec ton gin, du vermouth, du tonic, ou autre chose ? Ce qui lui plaît, c'est de pouvoir me traiter comme sa femme de ménage, et non comme sa première épouse. Mais il ressemble à la plupart des hommes – passionnément désintéressé jusqu'à ce qu'il te saute dessus, en bon vieux singe qu'il est.

— Du tonic. Pourquoi ne lui dis-tu pas de garder tout ça pour lui ?

— Ça lui ferait de la peine. Il dit qu'elle l'a eu en écrivant une très bonne thèse sur Henry James... vu sous l'angle particulier de sa relation avec son frère... quelque chose comme ça. Il ne tarissait pas d'éloges – je dirais pour sa défense qu'en ce qui concerne ce genre de choses, il est généreux – et, sans qu'il s'y attende le moins du monde, elle s'est mise à lui jurer qu'il y avait bien plus entre eux qu'une vieille thèse pourrie sur ce vieil idiot de James. Il a toujours aimé les grosses têtes, il prétend qu'il ne pourrait pas toucher une femme qui ne ferait pas preuve d'intelligence brillante. En fait, elle est complètement timbrée. Comme il déteste rentrer chez lui le soir, il se cache dans la bibliothèque de la fac. Elle l'attend toujours derrière leur porte, nue comme un ver, libérée de toute préoccupation intellectuelle, sa bête, comme elle dit. Je les ai rencontrés dans le hall d'un théâtre un soir, et elle a boudé pendant des jours, m'a raconté Leon. Boudé à cause de moi ! » Elle renifla. « J'ai parfois l'impression qu'il y a une chèvre coupée en morceaux, dans cette cuisine. Viens, sortons d'ici. »

Dans le salon, Claire s'affala sur un fauteuil monstrueux recouvert d'une espèce de fausse fourrure d'ours brun. Sa jupe se souleva. Elle avait des jambes fines, qui contrastaient avec le reste de son corps, et des veines bleues transparaissaient sous sa peau blanche.

« Tu es bien élégante, Sophie. Comment vas-tu ?

— Bien... non, non, pas très bien.

— Regarde-moi ces chaussures ! Je parie qu'elles ont été fabriquées en Europe par un esclave pour quelques lires ! Toutes ces masses laborieuses sur lesquelles nous nous appuyons tous ! Je croyais qu'à cinquante ans ma vanité disparaîtrait, mais elle empire. C'est pour ça que je m'habille comme ça. Je préfère ressembler à une go-go girl vieillissante qu'à une bourgeoise mal fagotée. Il y avait une tribu en Afrique, où on balançait les femmes de plus de cinquante ans du haut d'une falaise. Mais je suppose que maintenant ils sont civilisés. Comment va Otto ?

— Le bureau est sens dessus dessous. Charlie Russel quitte leur cabinet d'avocats. Otto ne dit pas grand-chose. Charlie le prend très mal.

— Otto ne l'a pas viré, quand même ? »

Sophie hésita. « Non, ce n'est pas ça. Ils ne s'entendaient plus.

— Bon, alors c'est une bonne chose, non ?

— Je ne sais pas. Ils travaillent ensemble depuis si longtemps. Charlie semble vraiment amer. Il en parle comme si Otto l'avait trahi.

— Je ne peux pas le croire. De toute façon, je ne crois rien de ce que Charlie raconte.

— Tu ne le connais pas.

— Le week-end que j'ai passé à Flynders avec vous m'a suffi.

— On dirait Otto, lança Sophie d'un ton sec. Il ne pense jamais aux gens plus de deux minutes d'affilée, puis il croit arriver, par quelque opération surnaturelle, à une totale vision de ce qu'ils sont.

— Totale vision ! répéta Claire en riant. On dirait le nom d'un dépôt-vente installé dans le Dakota du Nord. Écoute, je ne prétends pas tout savoir. En fait, je n'ai rien compris du tout à Charlie – c'était la façon dont il s'offrait lui-même sur un plateau, du genre *antipasti*, si tu vois ce que je veux dire, pour ensuite s'écarter et te regarder consommer. Il ne m'a pas plu. Il avait une attitude impeccable, tout la bonne pensée de gauche étalée devant toi, si rassurante, si tentante, et si flatteuse. Je n'aime pas les gens impeccables.

— Aucun idiot, même saint, n'ira au paradis », dit une voix qui venait du plafond. Sophie leva les yeux et vit Leon Fischer appuyé à la balustrade de la mezzanine, fixant sur Claire un regard morose. Il était gros, il avait la peau jaunâtre et portait un blazer trop étroit.

« Descends, Leon, dit Claire. Viens voir Sophie.

— Je la vois d'ici, répondit Leon l'air maussade. J'ai

renversé une boîte sur ta commode, Claire. Quelle nouvelle folie s'est emparée de toi ?

— Quelle boîte ?

— Celle qui est pleine d'horribles petits instruments qui ressemblent à des insectes. Ils ont roulé partout, sous le lit et tous les autres meubles. J'ai commencé à les ramasser mais j'ai été vaincu par la poussière. Tu ne fais jamais le ménage, ici ?

— Non, Leon, jamais.

— Qu'est-ce que tu fais de tous ces petits tambours, ces cors et ces flûtes informes ?

— Je joue avec, répondit Claire d'un ton suffisant. Comme je ne peux pas m'en payer de vrais, j'en ai des petits. »

Leon attaqua l'escalier à pas lents, s'agrippant à la rampe d'une main qui semblait aussi molle qu'un gant plein d'eau.

« Qui est le saint idiot ? » demanda Claire en le regardant descendre d'un air intensément concerné, comme s'il s'était agi d'un enfant qui s'aventurait pour la première fois dans l'escalier.

« Je pensais à mon fils. Je ne sais pas qui Blake avait en tête.

— Tu bois quelque chose ?

— Non. Qu'est-ce que tu as fait du château margaux ?

— On s'en occupe.

— Qu'est-ce que tu en as fait ? » Il s'avança vers le canapé comme s'il venait de subir une opération, s'y enfonça à côté de Sophie et émit un énorme soupir chevrotant.

« Tu as du travail en ce moment ? demanda Claire à Sophie.

— Non, pas pour l'instant. Je vais peut-être m'y remettre dans quelque temps.

— Comme ce doit être agréable de ne pas travailler à quoi que ce soit, dit Leon. Comme cela doit être bien de lire juste pour lire, sans avoir à faire de compromis. Tu dois être riche.

— Je n'ai plus vraiment envie de travailler, dit Sophie d'un ton froid. Ce n'est pas une question d'argent. »

Leon eut un rire cassé qui ressemblait plutôt à une quinte de toux. « Si tu n'avais pas d'argent, tu saurais que ce n'est pas une question d'envie, dit-il.

— J'ai fait un film russe, dit Claire. Dieu merci, ils en sont toujours à ce bon vieux réalisme, fous de Zola. Les sous-titrer est aussi facile que d'écrire les légendes d'un livre d'images.

— Je suis fou de Zola, dit Leon. Je suis fou de tout ce qui date d'avant le 1er janvier 1900. Qu'est-ce que tu as fait de ce vin, Claire ?

— Pourquoi est-ce que tu ne te lances pas dans la traduction ? demanda Sophie à Claire.

— Ça prend trop de temps. Je n'ai aucune patience, sauf pour la cuisine. Et ce qu'on est payé est honteux !

— C'est parce que tu es riche. Les riches trouvent toujours l'argent honteux… Pourquoi cette coiffure afro, Claire ? Pourquoi, bon sang, te laisses-tu aller comme ça ?

— Retourne chez ton idiote de femme, vieil homme, dit Claire, exaspérée. Tu as faim, Sophie ? Je t'ai préparé un délicieux déjeuner.

— Je devrais être chez moi, annonça Leon sans s'adresser à personne en particulier. Je devrais être en train de lire une horrible thèse de doctorat. Une vraie torture. Vous ne pouvez pas imaginer une telle torture… C'est l'œuvre d'une professeure qui veut de l'avancement et déteste son sujet, qu'elle a pourtant choisi elle-même, et qui me déteste. Une véritable escroquerie.

— Quand nous étions mariés, Leon et moi, il y a de cela

des siècles, commença Claire, nous allions à des tas de réunions, et parfois ces réunions tournaient à la fête et je m'asseyais aux pieds de Leon et j'écoutais les hommes parler. Oh... comme ils parlaient ! C'était, je pense un bavardage très savant. Qui ne ressemblait en tout cas à rien de ce que j'avais entendu à Concord, où j'ai grandi – et pourtant ce dont je me souviens, tout ce dont je me souviens, n'a rien à voir avec ce qu'ils disaient, mais avec la façon dont les femmes, surtout les plus âgées, attendaient comme des petites retraitées qu'on leur adresse un mot ou deux.

— N'importe quoi ! dit Leon, furieux. Tu es ridiculement sentimentale. Tu as toujours détesté les intellectuels parce que tu te sentais devant eux comme une stupide goy !

— Les intellectuels ! cria-t-elle. Ces dilettantes ! Ces dandys prétentieux !

— Oh, Claire ! protesta-t-il. Non, ne parle pas comme ça. » Il semblait sincèrement blessé.

« Ne crie pas avec moi, dit-elle.

— Tu m'as énervé. Ces gens-là étaient sérieux...

— D'accord, d'accord, je suis désolée », répondit-elle. Il secoua la tête. Ils se regardèrent un long moment, puis Leon, d'une voix très douce, demanda : « Tu as mis le vin au frigidaire ? Tu n'apprendras jamais. Je suis sûr que tu l'as mis au frigidaire. »

Claire fronça les sourcils et bougea dans son fauteuil, juste assez pour donner l'impression qu'elle tournait le dos à Leon

« Vous allez à Flynders, cet été ? demanda-t-elle à Sophie.

— Je crois que oui.

— Ton mari est avocat, non ? demanda Leon. Vous avez des enfants ? Non ? C'est aussi bien. J'ai un fils, de ma seconde femme. Je suis sûr que tu te souviens d'elle, Claire. »

Il gloussa légèrement. « Il a vingt ans, et le cerveau d'un nouveau-né. J'ai reçu une lettre de lui, hier – il a dû trouver un timbre dans le caniveau – et j'ai fait l'erreur de la lire avant mon premier cours – sur la fiction américaine du XIXe – et c'était censé être… un poème. Un poème sur la grande unité du tout – vous devriez lire la lettre de Freud à Romain Rolland là-dessus – un poème sur son père, qui nie l'unité du tout, une prière pour que son père soit libéré de ses entraves bourgeoises. Il croit que l'Histoire commence en 1948, l'année de sa naissance. J'ai essayé de le persuader de son erreur, mais mon savoir n'est pas de taille à lutter contre son ignorance. À la moindre parcelle d'idée que j'énonce, il me sourit gentiment, comme si j'étais damné pour l'éternité. Il porte un bandeau élastique autour de la tête pour empêcher ses cheveux de lui tomber sur les yeux quand il étudie le mur en face de lui, d'où montent ses visions, et vit dans un horrible taudis d'East Orange. Si encore il voulait sauver quelque chose, le monde, par exemple. Mais non, il est stupide, stupide. Et le seul élément sur lequel reposent les privilèges dont il jouit, c'est-à-dire moi, doit pour toujours faire cours sur William Dean Howells qui m'ennuie à mourir. Vous trouvez ça juste ?

— Tu n'as pas de mémoire, dit Claire d'un ton triste.

— C'est tout ce que j'ai, au contraire.

— En 1939 tu distribuais des tracts sur la Sixième Avenue. Il n'y avait pas une seule question à laquelle tu n'aies pas de réponse.

— Et toi et moi vivions ensemble, dit Leon.

— Nous ne parlions jamais d'amour.

— Ce n'était pas nécessaire.

— Nous étions tous du même sexe, dit-elle en riant à gorge déployée.

— Oui, oui…, cria Leon, surexcité. Personne ne raquait pour nous. Le vendredi j'allais dans le Bronx allumer des cierges pour ma mère, nous lisions dans le métro, heureux, avides de vivre. Et je travaillais pour les Podjerski, et même s'ils me payaient une misère, ils me demandaient parfois conseil parce que j'allais à l'université ! Ils buvaient du thé toute la journée, laissaient des traces de doigts gras sur leurs verres, et connaissaient les prénoms de tous leurs employés ; ils jouaient parfois à la pinochle avec le vieux – oh, comment s'appelait-il ? – qui travaillait sur le tour à revolver. Le vendredi, ils fermaient boutique plus tôt pour que nous puissions tous être rentrés chez nous avant le coucher du soleil. Le jour où j'ai coupé une tranche de salami avec le couteau dont je venais de me servir pour le fromage, ils ont poussé des cris horrifiés, et ils m'auraient viré sur-le-champ si je n'avais pas suivi les cours du soir.

— Je vais faire réchauffer le *Potage Fontange* », annonça Claire. Elle resserra autour de sa taille l'écharpe qui s'était défaite pendant qu'elle fumait en les écoutant, les yeux fixés sur Leon puis sur Sophie avec un intérêt distant, comme quelqu'un qui n'aime pas tellement les poissons et se retrouve en train de visiter un aquarium.

« Pourquoi es-tu obligée de t'habiller comme ça ! s'exclama Leon, irrité. Mère poubelle ! Tu crois qu'avoir de la personnalité excuse tout le reste ? Oh, tu aurais dû la voir autrefois, Margaret…

— Sophie.

— Sophie. Quelle belle fille aux yeux bleus elle était ! Et elle avait la vivacité de l'éclair, et elle savait arrêter les fuites d'eau dans les toilettes, réparer les prises électriques et peindre comme un pro…

— C'était de la Kemtone, lança Claire de la cuisine. Nous

avions emménagé dans ces horribles chambres qui avaient les fenêtres cassées, le sol recouvert de linoléum déchiré et le plafond couleur de pêche pourrie… et j'ai tout repeint avec. Tu te souviens ?

— Elle ne savait pas cuisiner, à l'époque, dit-il. Nous vivions de macaroni en boîte et de bacon, et de tout ce que j'arrivais à voler à ma mère, comme le salami que j'emportais pour déjeuner. Que sommes-nous tous devenus ?

— Vieux, dit Claire, du seuil de la cuisine.

— Et beaucoup déjà morts. »

Sophie eut l'impression d'être assise sous une pluie de cendres. Elle se pencha en avant, la tête en bas, les yeux mi-clos, avec la sensation d'une douce marée qui lui montait jusqu'aux genoux. La glace avait fondu dans son verre. À côté d'elle, sur le canapé, Leon remua lourdement. Elle sentit soudain sa main pesante sur son épaule. Ses doigts s'agitaient sans cesse, comme ceux des vieilles personnes. Elle se tourna vers lui. Il la regardait, suppliant.

« Elle a dit vieux. Personne ne veut parler de ça, hein ? Personne. Les humiliations des tripes. Mon propre corps s'est retourné contre moi. Est-ce que tu as entendu comment elle a prononcé ce mot ? Avec cette douceur de femelle ? Comme pour le neutraliser ? » Sa main retomba de l'épaule de Sophie.

« Nous ne pouvons rien y faire », dit Sophie, mais il ne l'entendit pas car au même moment il s'était mis à crier.

« Tu ne m'as jamais accordé la moindre attention !

— J'ai toujours été très attentive avec toi, Leon, dit Claire qui revenait dans le salon, en s'essuyant lentement les mains avec une serviette. Mais là, je ne t'écoutais pas. Nous ne sommes plus mariés, tu sais.

— Va te faire voir ! Pourquoi est-ce que tu ne t'es pas remariée !

— Je n'en avais pas envie, dit-elle avec un sourire.

— Ah, la vérité, enfin ! s'écria-t-il. Derrière cette énergie frénétique que je trouvais si admirable, il n'y avait rien d'autre qu'une monstrueuse paresse. Il faut de l'énergie, pour vivre avec quelqu'un.

— On se chamaille toujours, dit Claire à Sophie. Oublie tout ça, si tu peux. Nous arrivons à bien nous entendre lorsque nous cuisinons ensemble », elle sourit et retourna sous la mezzanine.

« C'est tout ce qui reste, dit Leon d'une voix soudain affaiblie. Tout ce qui reste de notre civilisation. Tu prends un matériau brut et tu le transformes. C'est ça, la civilisation. L'amour physique n'est que viande crue. C'est pour ça que tout le monde s'en préoccupe tellement de nos jours. Un de mes collègues, qui a dix ans de plus que moi – comme s'il était possible d'avoir dix ans de plus que moi –, m'a dit que je pouvais trouver le salut en regardant la zone pubienne de filles inconnues, et la liberté en faisant naître en moi, grâce à des produits chimiques, le genre de folie extatique dans laquelle j'ai passé la plus grande partie de mon adolescence, un état à mon avis uniquement explicable par l'énergie qui remplissait mon corps à cette époque et la conviction que j'avais alors de voir de mon vivant le socialisme régner sur les États-Unis. Maintenant que mes os sont fragiles, mon cerveau est plus fort. Je n'espère… plus rien. Mais je ne peux supporter la piété menteuse, grotesque, de ces détraqués que sont mes contemporains. Un homme, une star de la littérature », et là, il s'interrompit, rit, toussa et secoua la tête. « Ah oui, une star, m'a dit qu'il regrettait que cette pilule n'ait pas existé quand il était jeune. Toutes ces filles qu'il aurait pu avoir ! En cet âge de bite généralisée, est-ce là toute la révélation pour laquelle j'ai vécu ? Je préférerais, de toute façon, contempler l'organe d'un cheval. C'est plus beau, plus grand et plus comique que tout ce que mes camarades humains ont à montrer. Nous sommes à l'âge pipi-caca, ma chérie. Ne te mens pas. Mon intimité a été violée – ce que j'ai admiré, ce que j'ai pensé toute ma vie est avili. Pauvres corps… pauvre chair grossière et diabolique. Peut-être sommes-nous tous en train de nous casser la gueule. » Il avança la main et lui serra l'épaule. « Est-ce que tu me comprends ? demanda-t-il.

— Un peu », dit-elle en regardant le visage épuisé de Leon, et elle le plaignit de cette aigreur qui n'était peut-être qu'une vieille habitude verbale. Est-ce que tu comprends ma souffrance ? Voilà ce qu'en réalité il lui avait demandé. Elle se pencha juste un peu vers lui. Il lui tapota l'épaule d'une façon qui ressemblait à de la tendresse – peut-être était-ce vraiment de la tendresse, devenue maladroite par manque d'habitude.

« Venez manger ma merveilleuse soupe », dit Claire. Leon prit Sophie par le bras, elle régla son pas sur sa démarche traînante et incertaine. La lumière qui venait des fenêtres de la salle à manger était si trouble qu'elle semblait avoir une texture. Des bols de soupe surmontés de couvercles en forme d'artichaut et d'énormes serviettes de toile passée couleur d'abricot pâle étaient posés à même la table. Leon, debout, souriait. De ce genre de sourire inconscient, pensa Sophie, qui effleure un visage exactement comme la lumière s'y pose.

Ils mangèrent la soupe et Leon demanda, sur un ton si gentil que Claire lui lança un regard soupçonneux, où elle avait trouvé de l'oseille fraîche. Quand ils eurent fini, Claire apporta des œufs pochés au beurre noir et une bouteille de bordeaux blanc. Elle avait à peine posé la coupe de fruits au milieu de la table, et versé le café, que Leon semblait déjà somnoler.

« Il est dans un état d'innocence », chuchota Claire à Sophie. Leon sourit dans son sommeil. La tension, autour de ses yeux, avait momentanément disparu et Sophie vit à quoi il avait dû ressembler tant d'années auparavant, quand il distribuait des tracts sur la Sixième Avenue. Elle prit une grappe de raisin. Claire, qui regardait distraitement ce qu'elle avait choisi, passa un ongle rugueux sur le dos de sa main.

« Qu'est-ce que c'est ça ?

— Je me suis fait mordre par un chat.

— Tu le connaissais, j'espère.

— Non, c'était un chat errant.

— Tu es allée voir quelqu'un ? »

Sophie renonça au raisin et retira sa main. « Ce n'est rien, dit-elle.

— Un jour, je me suis fait mordre par un lama, dit Leon d'une voix rêveuse. C'était quand Benny était petit et que je l'avais, à contrecœur, emmené au zoo – le genre de truc qu'on était censé faire pour ses enfants – et un ignoble lama fou a passé la tête au-dessus de la barrière et refermé ses mâchoires sur ma main. C'était comme se faire mordre par du linge sale.

— Les morsures de chat ne sont jamais anodines, dit Claire.

— Ça va beaucoup mieux, dit Sophie.

— Ces raisins sont verts, se plaignit Leon.

— Montre-moi ça. Quand est-ce arrivé ? » voulut savoir Claire.

Sophie secoua la tête. « C'est sans conséquences, dit-elle d'un ton cassant.

— Claire, promets-moi que tu vas éviter les supermarchés. Seigneur ! Si j'avais autant de temps libre que toi, je traînerais mon panier à provisions dans toute la ville avant d'acheter des raisins verts.

— Oh, tais-toi un peu, Leon. »

Il se leva de table avec une énergie d'autant plus surprenante qu'un instant plus tôt il avait semblé au bord de l'effondrement physique. Il se mit à empiler les assiettes. Sophie recula sa chaise, prête à l'aider. « Non, dit Claire. N'y touche pas. Il le fait toujours. C'est dans notre contrat. »

Elles se tinrent un moment à la fenêtre. Un camion passa, puis une voiture, et un homme qui portait un seau vide ; deux petites femmes avec de grands chapeaux se tenaient fermement par le bras, passant d'un air plein de défi au milieu de foules invisibles.

« Ça t'arrive d'avoir peur, par ici ?

— Non, dit Claire. Je n'ai jamais peur de ce genre de choses.

— Jamais ?

— Non, pas pour l'instant. Pas cette semaine, en tout cas. »

Un bruit d'assiettes se fit entendre dans la cuisine. « Allons nous asseoir », dit Claire. Elles retournèrent dans le salon. « C'est comme ça, reprit-elle. Si quelqu'un me tire dessus dans la rue, ça sera rapide, terminé ! C'est mieux que d'attendre en salle d'opération, que le type revienne du laboratoire avec de mauvaises nouvelles entre lame et lamelle. »

« L'éponge de la cuisine a tout d'un foie pourri, cria Leon.

— Sers-toi de ta chemise », répondit Claire. Elle contempla Sophie, qui s'agita, mal à l'aise, sans comprendre pourquoi. Elle savait que Claire avait parfois tendance à jouer les voyantes – il y avait une certaine charlatanerie chez elle. Pourtant, elle continua de se tortiller.

« Tu n'avais pas appelé depuis si longtemps, dit enfin Claire. Je me demandais ce qui t'avait pris. Et tu me connais, je ne téléphone jamais.

— Je ne sais pas. J'ai eu envie de te voir.

— Oh, je suis contente, moi aussi. C'est un peu glauque dans le coin, et il y a en toi quelque chose de luxurieux qui me rappelle les bonnes choses. Mais tu es tellement absente. Je l'ai senti pendant que Leon et moi étions en train de faire notre numéro de fous. Nous nous connaissons depuis longtemps, maintenant. Tu es de nouveau avec ce type ? Je ne me souviens pas de son nom. Peut-être que je ne l'ai jamais su. Tu t'es mise tellement en colère quand je t'ai dit qu'il avait l'air abject.

— C'était parce que tu pensais que ce que je faisais était mal...

— Mal, mal, mal, dit Claire en souriant. Oui, c'est ce que je pensais. Mais c'était facile pour moi, je n'ai jamais... » Elle hésita et se tourna vers la cuisine, où elles virent toutes deux Leon qui lavait la vaisselle avec la férocité têtue et contrôlée d'un ours de cirque. « Ça ne m'est jamais arrivé, continua Claire. Je suppose que ce que j'ai connu de plus proche dans le genre, c'est lui. » Elle fit un geste par-dessus son épaule vers la cuisine. « Et pas quand nous étions mariés. Pas à cette époque, non. Mais maintenant. Tu dois trouver que c'est ridicule... Mais il m'émeut, tu comprends. Je ne crois pas qu'il me reste assez de temps pour quoi que ce soit d'autre que la vérité... sur moi-même. Je pense que je n'ai jamais vraiment aimé le sexe. Je vais te raconter quelque chose de drôle. Quelquefois, il dort avec moi. Nous restons allongés toute la nuit dans les bras l'un de l'autre, et je me réveille dans le noir, et je suis heureuse. C'est une forme d'amour, non, Sophie ? Nous pouvons simplement être comme nous sommes, tous les deux, l'un avec l'autre. S'il ne passait pas me voir, je crois que je me disperserais au vent, comme des graines de pissenlit. Parfois, en fin d'après-midi, je reste assise des heures jusqu'à ce que le soir tombe. Quand il fait noir – bien qu'il ne fasse jamais noir, en ville – je me lève et je me prépare un petit dîner, une côtelette, des haricots de Lima surgelés. S'il est là, bien sûr, je joue les gourmets. Des jours comme des guirlandes de papier. Tout ce qui me reste c'est ce vieil homme que j'ai plaqué il y a vingt ans parce qu'il avait mis en cloque une vamp trotskiste qui s'appelait Carla. » Elle se pencha en avant, le visage empreint d'une soudaine intensité. « Il est terrifié, dit-elle doucement. Il croit qu'un de ses étudiants pourrait essayer de le droguer. Il dit qu'ils lui font continuellement de grands discours sur la dope. Et maintenant il n'ose plus boire un café à la cafétéria de l'université. Il pense même que la salle à manger des professeurs pourrait se révéler dangereuse. Juste avant que tu arrives, il m'a dit qu'il comprend maintenant les vieilles dames qui ont peur d'être violées. C'est exactement ce qu'il ressent... » Elle se tourna à nouveau vers la cuisine. Les coins de sa bouche s'abaissèrent. « Pourtant, Dieu sait le trip qu'il fait depuis qu'il a épousé cette obsédée sexuelle de bas-bleu, dit-elle d'un ton dégoûté. Oh, tu vois comme je suis. Je voulais qu'on parle de toi et il n'est question que de moi. »

Claire attendait qu'elle dise quelque chose, mais Sophie se taisait, stupéfaite.

« Sophie ?

— Non, non. C'est fini depuis longtemps, répondit-elle. Je l'ai revu une fois. Il s'est montré poli. C'est tout. J'avais vraiment envie de te voir, et j'ai été très touchée de ton invitation. Mon oisiveté me déprime, je suppose.

— Nous n'avons d'enfant ni l'une ni l'autre », dit Claire, avec dans la voix comme une question.

Sophie se mit à rire. « Oh, non, pas ça ! » dit-elle d'un ton brusque, comme si elle en voulait à Claire de quelque chose, peut-être de ce qu'elle se réveillait heureuse au milieu de la nuit.

« Bien... Comment va Otto ?

— Tu me l'as déjà demandé, répondit Sophie. Il va bien, étant donné les circonstances. Je crois qu'il s'en tire mieux que certains, peut-être parce qu'il n'est pas enclin à l'introspection. Il est trop occupé à combattre un flux mystérieux dans lequel il craint de se noyer. Il est persuadé que les détritus sont une insulte qui lui est personnellement adressée et il continue d'essayer de faire la vaisselle avant que nous ayons fini de manger.

— Quelle langue de vipère ! s'exclama Leon, debout à la porte, en train d'essuyer un verre. Rien d'étonnant à ce que les hommes pleurent.

— Je n'ai jamais vu aucun homme pleurer », dit Claire.

Mais Sophie se sentit parcourue d'un frisson qui sembla l'atteindre en plein cœur. Elle savait qu'elle avait rougi et elle haletait. Elle n'avait pas voulu paraître si... médisante. Et la nuit précédente, elle aurait aimé que Charlie continue, qu'il laisse entendre qu'Otto était inhumain, renfermé. « Je suis désolée, dit-elle. Leon a raison. Dès que je parle, des crapauds tombent de ma bouche. Je suis désolée. »

Leon eut l'air surpris, puis gêné. Il tendit le verre en l'air. « Regarde, Claire, voilà ce qui s'appelle essuyer un verre ! » Mais sa voix avait perdu son ton autoritaire. Claire, marmonnant quelque chose à propos d'un poulet, se leva et alla dans la cuisine, et Sophie, qui n'avait pas envie de rester seule avec l'écho de ses paroles, la suivit.

« Je ferais mieux de m'en aller, dit-elle, incertaine, en regardant Leon qui essuyait la paillasse, puis Claire qui contemplait un gros poulet en train de rôtir dans une casserole. « Tu n'es pas obligée de partir, lui dit Claire en tournant la tête vers elle.

— Qu'est-ce que tu vas faire avec cet oiseau ? demanda Leon.

— Crème et estragon, répondit-elle.

— Qui vient ?

— Edgar et son nouvel ami, un coiffeur.

— Je peux rester ?

— Non.

— Si tu préfères leur compagnie miteuse ! Je suppose que tu vas leur servir tes palourdes torturées et mon vin ! »

Claire, une cigarette à la bouche, arrosait le poulet ; quelques cendres flottèrent dans l'air, allant se mélanger à l'estragon.

« Des folles ! s'exclama Leon en levant l'éponge.

— Allons prendre le thé ensemble au Plaza, la semaine prochaine, dit Claire à Sophie. Je me ferai belle, nous nous assiérons dans la cour des palmiers et nous parlerons de la guerre et de cinéma.

— Les femmes qui traînent avec les homosexuels sont des araignées, dit Leon en appuyant d'un doigt mou sur la poitrine du poulet.

— Merci pour le déjeuner, Claire. Ça m'a fait plaisir de te voir, Leon », dit Sophie.

Leon rit. « Ce n'est jamais un plaisir de me voir », dit-il. Une mèche de cheveux gris tomba sur l'un de ses yeux bouffis. D'un geste rapide, Claire la releva sur son front. Il grogna et fronça les sourcils.

À la porte, Claire dit encore : « Occupe-toi de ton problème de chat. » Elle tendit son manteau à Sophie. « Qu'est-ce que qu'il est joli ! D'où vient-il ? D'Irlande ? De France ? Tu portes la planète sur tes épaules, Sophie. N'oublie pas de m'appeler et ne t'inquiète pas pour Charlie et Otto. Otto sera bien mieux tout seul. Oh, ça me fait penser à… Attends ! »

Elle la laissa là, monta les marches de l'escalier deux par deux, sa jupe volant sur ses jambes blanches. Quand elle revint, elle tenait un livre à la main. « Otto me l'a prêté il y a un an. Ne le lui dis pas, mais je ne l'ai pas fini. Il était si content quand je lui ai dit que ça m'intéressait. Et c'était vrai, à l'époque. J'ai lu le début. » Elle le lui tendit. C'était *Le droit civil*, d'Oliver Wendell Holmes Jr.

Quand elle le prit, Sophie eut l'impression de ne pas avoir accordé à Otto la place qu'il méritait, et ce livre était la seule preuve tangible de son existence qui se poursuivait quelque part. Elle était remplie de mauvais pressentiments et de tristesse, et son adieu à Claire fut presque inaudible.

La porte se ferma.

9

Sophie descendit l'escalier et traversa l'entrée en courant, puis elle s'arrêta devant l'immeuble, le souffle court. Une épingle à cheveux qui s'était défaite glissa dans son dos le long de sa robe et tomba sur le trottoir. Elle regarda sa montre. Il était quatre heures. Elle ne pensait pas que les deux autres, là-haut au premier étage, parleraient d'elle. Sa visite n'avait été pour eux qu'une distraction passagère, peut-être même un désagrément. Elle prit conscience que quelqu'un la regardait et releva les yeux vers un vieil homme qui la fixait d'un air absent. Un caniche gris était assis à ses pieds. Elle eut l'impression de le connaître. Peut-être était-ce un comédien. Un de ces visages anonymes si familiers qu'elle avait vus sur scène une douzaine de fois – le duc, monseigneur, est aux mains des Français. Elle lui sourit et il s'inclina.

Dans le hall d'un hôtel de Central Park ouest, elle trouva une cabine téléphonique. Elle composa le numéro du bureau de Francis. Il n'y avait évidemment personne là-bas, un samedi. Elle ne s'était pas adonnée à son petit vice depuis longtemps. Une fois encore, grâce à ce prolongement électronique, elle se promena entre les classeurs délabrés et les piles de livres, sous le plafond meringué. Elle laissa sonner longtemps. Puis elle appela chez Charlie Russel. Un enfant répondit. Elle se souvint soudain, avec une certaine mélancolie, des enfants Russel tels qu'elle les avait vus des années plus tôt, quand ils étaient venus à Flynders pendant les vacances d'été, petits, insolents et bronzés. « C'est toi, Stuart ? demanda-t-elle. C'est Sophie.

— Ah bon, dit le garçon. Tu veux parler à ma mère ?

— Oui. »

Elle l'entendit crier, « M'man ! » Puis il y eut le bruit de son souffle. « Elle arrive.

— Oui, dit Ruth.

— C'est Sophie.

— Oui.

— Comment vas-tu, Ruth ?

— Extrêmement bien...

— Je t'appelle à cause de nos ennuis. Je suis désolée.

— Quels ennuis ? De quoi es-tu désolée ?

— Charlie et Otto... la fin de tout ça.

— Je n'appellerais pas ça des ennuis. »

Sophie resserra sa main sur le combiné.

« Comment vont les enfants ?

— Ils sont absolument fabuleux !

— Stuart m'a paru beaucoup grandi.

— C'est un grand, maintenant. Un grand garçon fantastique. Il reprend son stage de tennis, cet été. C'est incroyable comme ça lui donne une meilleure image de lui-même. Ce stage est très sérieux. Je veux dire que le directeur sait vraiment ce que c'est que le tennis. Trois heures sur le court, et une heure de critique constructive.

— Et Bobby ? Et Linda ?

— Bobby passe par une petite phase de kleptomanie. Mais cela ne va pas durer, bien sûr.

— Linda ? murmura Sophie.

— Elle est merveilleuse ! Elle, elle sait qui elle est, cela ne fait pas l'ombre d'un doute.

— Ruth ? Je suis bouleversée par cette rupture. »

Il y eut un long silence. « C'est mieux comme ça, dit enfin Ruth. J'ai toujours pensé qu'il y avait quelque chose de bizarre dans leur dépendance mutuelle. Ce sont de grands garçons, tu sais, Sophie… Il ne faut pas les traiter comme des bébés. Ça castre les hommes, tu sais.

— Et toi ? Tu vas vraiment extrêmement bien ? » demanda Sophie.

Il y eu un clic ; l'opératrice demanda une autre pièce.

« Tu ne crois pas qu'on pourrait déjeuner ensemble ? proposa Sophie.

— Je suis au régime. Je ne déjeune plus », dit Ruth. Puis elle ajouta – était-ce ça ? Sophie n'était pas certaine de l'avoir entendu, mais cela ressemblait à quelque chose comme : « Va-t'en, Sophie. » De toute façon, la communication fut coupée, elle n'avait pas d'autre pièce.

Lorsqu'elle arriva chez elle, Sophie alla directement au téléphone et composa le numéro de son docteur. Il ne serait pas à son cabinet avant le mardi dix heures trente. Le répondeur n'avait rien à proposer. Elle pouvait laisser son numéro, bien entendu, et si c'était une urgence… Sophie sortit les Pages jaunes et appela six médecins du quartier. Aucun d'entre eux n'était joignable. Une femme lui suggéra d'aller voir la police.

Elle se versa un grand verre de whisky et le but tout entier. Puis elle se dirigea vers la porte de derrière. Le chat gris était roulé en boule au bord de la marche de pierre, endormi, la tête de travers.

Quand Otto rentra, il trouva Sophie réfugiée dans un coin

du salon, assise dans un fauteuil droit où personne ne s'asseyait jamais, mouchetée d'ombre et de lumière. Son silence et la table mise pour le dîner, qu'il aperçut par les portes de la salle à manger, ressemblaient à un décor préparé pour une scène qui avait été ensuite oubliée. Il avait l'impression qu'elle pleurait sans bruit, et que peut-être les éléments de ce triste tableau avaient été arrangés à son intention, une leçon de vie domestique destinée à lui faire prononcer des excuses. Il parla d'un ton brusque.

« Pourquoi es-tu assise là comme une orpheline ? »

Elle lui tendit un livre. « Tu as inscrit une annotation dans la marge. Tu as dû le faire il y a longtemps. L'encre a passé et ton écriture n'est plus tout à fait la même. Mais je l'ai reconnue. Ça m'a rappelé combien tu es sérieux. Tu as marqué : "Limitation de la responsabilité légale". Tiens. C'est Claire qui me l'a rendu. » Elle se leva, se dirigea vers lui en allumant les lampes sur son passage, lui mit le livre dans la main. Elle ne pleurait pas, la table était mise pour deux, ce n'était pas un décor mais un simple détail de leur existence quotidienne. Il réfléchit à ce qu'il croyait avoir vu, une image qu'aurait pu avoir un étranger de leur genre de vie, jugé peut-être de façon inexacte, mais qui lui avait permis pendant un instant, de ne pas s'y laisser empêtrer sans même s'en rendre compte.

« On pourrait manger dans le salon, proposa-t-il.

— Si tu veux, répondit-elle, indifférente.

— Comment allait Claire ?

— Comme d'habitude, répondit-elle. Leon Fischer était là – tu te souviens de lui ? Son mari d'il y a longtemps ?

— Oui, je m'en souviens, un homme au teint jaune qui n'écoute pas.

— Otto ? Le chat est revenu… devant la porte.

— Le chat ! » Il traversa en courant le salon et la salle à manger vers l'arrière de la maison.

« N'ouvre pas, cria-t-elle. Je t'en prie, n'ouvre pas. »

Au bruit retentissant des pas d'Otto, le chat s'étira et pressa avidement son nez contre la vitre.

« Il va falloir que je l'ouvre », cria-t-il en maudissant la suite complexe de gestes nécessaires au déverrouillage de la porte – crochet, clé, insertion, premier tour, deuxième tour. Le chat bâilla et regarda faire Otto jusqu'à ce que celui-ci prenne son élan pour lui donner un coup de pied. Alors il tournoya sur lui-même, descendit les marches et disparut en silence dans l'ombre de la cour.

« Otto, après le dîner, nous irons à l'hôpital. »

Il se tourna aussitôt vers elle. « Allons-y tout de suite, dit-il plein de colère et d'appréhension.

— Non, mangeons d'abord.

— Alors ça s'est aggravé ?

— Non, mais ça ne va pas mieux. Pourtant, ce matin, je l'avais cru. » Elle semblait calme, résignée, mais parlait d'une petite voix cassée, comme si elle ne pouvait même plus cacher ce qui s'était brisé en elle. Il posa la main sur son bras. Elle s'écarta de lui.

« Ce n'est qu'une morsure, dit-elle.

— Mais tu es tellement inquiète. »

Ils mangèrent sur des plateaux dans le salon. Otto avait peur de renverser de la nourriture sur le tapis du Goum et il devait se pencher très en avant pour atteindre son assiette. La pièce semblait légèrement hostile, comme si elle leur en avait voulu de servir à autre chose que ce à quoi elle était destinée. Otto ressentit une colère obscure contre la force inéluctable de l'habitude. Pourquoi, bon sang, ne pouvait-il pas manger par terre, s'il en avait envie ? Mais il savait bien que ce n'était que son propre sens des convenances qui le rendait irritable.

« C'était une idée idiote, reconnut-il à regret.

— Probablement...

— Je ne sais pas ce qui m'a pris. »

Elle eut un rire bref, deux notes pointues comme des piques.

« Qu'est-ce qu'il y a de drôle ?

— Rien. Tu as vu Charlie ?

— J'ai vu les traces qu'il a laissées derrière lui. Il a renversé une boîte de café sur le tapis dans son bureau en empaquetant des livres. » Il lui lança un regard intense, comme pour évaluer la réceptivité qu'elle pourrait avoir à ce qu'il allait dire, puis il reposa son plateau. « Je me demande de quoi vous avez vraiment parlé tous les deux. »

Le ton doux, spéculatif, avec lequel il avait posé sa question, laissait entendre qu'il n'attendait pas de réponse.

« Il était soûl et idiot, et il parlait de lui. En fait, il se plaignait de tout. De Ruth, des enfants...

— Comment en sommes-nous arrivés à faire ça ? » demanda-t-il désespéré, et pendant un instant étrange, Sophie pensa qu'il parlait de l'élan qui l'avait poussé à vouloir manger par terre dans le salon et qui avait été une aberration contre laquelle il s'élevait maintenant. Mais il posa alors brutalement son plateau sur la table basse et continua avec la même véhémence, tandis que son regard ne cessait de se déplacer, s'arrêtant tour à tour sur elle, puis par terre, puis sur les livres. Il avait les poings serrés, posés sur ses genoux.

« Nous étions d'accord, dit-il. Nous étions d'accord sur le fait qu'il valait mieux mettre fin à notre partenariat. Nous étions raisonnables. Même Charlie l'était... Nous avons eu une réunion… avons discuté de la marche à suivre. Le lendemain, dès le lendemain matin, il y a eu cette rancœur, ces récriminations contre moi qui ont commencé. C'était comme un châtiment, comme s'il me punissait. L'idée de cette séparation ne venait pas de moi. C'était Charlie qui y tenait absolument. Je savais qu'il y avait des problèmes. Tu sais bien que je le savais. Il y en a toujours. Et je sais qu'il y a quelque chose qui ne va pas en moi, quelque chose qui m'empêche de me sentir plus impliqué dans ce qui préoccupe Charlie. Pourtant j'y pense. La justice est une chose importante pour moi… importante. Mais Charlie m'en voulait. Il prétendait pouvoir dire, rien qu'à la façon dont je les regardais, que je méprisais ses clients. Mon Dieu ! C'était Charlie que je méprisais.

— Pourquoi ?

— Parce qu'il fait semblant, s'exclama-t-il, véhément. Parce qu'il veut être pris dans le mouvement, être avalé pour ne plus avoir à penser. Et le pire, c'est ce qu'il essaye de me faire !

— De quoi parles-tu ? s'écria-t-elle.

— De la façon dont il informe les clients de notre séparation… de la façon dont il se conduit envers moi devant les employés. Un type m'a appelé, la semaine dernière, un homme que je représente depuis des années. J'avais confié une partie de son dossier à Charlie, rien de compliqué, du travail de routine, ennuyeux. J'avais trop de choses qui s'empilaient sur mon bureau, à ce moment-là. Charlie a accepté, de bon gré, croyais-je. Eh bien, cet homme m'a appris que Charlie lui avait dit, oh, avec beaucoup de circonspection, que je me concentrais sur les grosses affaires, celles qui rapportent le plus, et qu'il me soupçonnait d'avoir des ennuis personnels car je négligeais trop les problèmes courants, que je laissais les secrétaires traiter certains aspects techniques, auxquels, bien sûr, je ne leur permettrais jamais de toucher, et il le sait très bien, Charlie lui a même dit qu'il m'avait trouvé très absent depuis un an, laissant entendre qu'il s'agissait peut-être d'un problème de santé…

— Mais tu aurais dû tout de suite aller voir Charlie, et lui demander des explications !

— Tu ne comprends pas. Il s'est débrouillé pour ne rien dire ouvertement, et ensuite, le client était si gêné, que je n'ai réalisé que bien plus tard en y repensant, car quelque chose dans cette conversation m'avait troublé, ce que Charlie avait essayé de faire. Ce client veut rester avec moi. Mais Charlie l'a mis mal à l'aise. C'est très efficace, de mettre les gens mal à l'aise. Ils sentent que quelque chose ne va pas et veulent un changement, même si cela va contre ce qu'ils désirent vraiment. Il a dû jouer à ce petit jeu avec tout le monde, mais de façon si ambiguë que je ne pouvais le prendre sur le fait.

— Et s'il avait vraiment dit que tu étais malade ?

— Non, justement, il ne l'a pas fait. Il enterre ça dans la conversation générale, pas quand il s'agit d'affaires, mais quand il parle des choses de la vie, si tu vois ce que je veux dire… Il a par exemple raconté à quelqu'un qu'il essayait de maigrir, puis il a fait remarquer que, moi, j'avais perdu pas mal de poids sans faire aucun régime. Il me trouvait même maigre, et il aurait bien aimé l'être aussi, a-t-il ajouté. Quant à l'argent, il a simplement parlé des impôts et dit que nous nous inquiétions tous les deux à propos de l'expert-comptable avec qui nous travaillons depuis des années. Et pourquoi ? Eh bien, a dit Charlie, nous avons depuis deux ans des clients d'un genre un peu différent. Tu comprends ? De vagues insinuations, juste assez pour que les gens se posent des questions. Ce pauvre homme qui m'a appelé la semaine dernière n'avait même pas conscience de ce que Charlie avait instillé en lui. Il m'a fallu une demi-heure, avec ces maudits appels en attente qui clignotaient de plus en plus nombreux sur le standard, pour lui faire cracher le morceau. C'était cette histoire de maigreur – tout à fait improbable, et pourtant parfaitement convaincante. Là, il s'est dépassé. Il est subtil, et fier de l'être, alors il devient soudain stupide, et il se laisse emporter par son habileté.

— Tu aurais dû lui casser la figure, dit-elle, furieuse. Tu ne vas quand même pas le laisser s'en tirer comme ça !

— C'est une chose dont je suis incapable, répondit-il.

— Et pourquoi ?

— Je suis trop vieux pour faire comme si cela changeait quoi que ce soit.

— Mais tu n'es pas en colère ? Comme peux-tu ne pas l'être ?

— Je ne le suis pas, dit-il, et il soupira. Non, je ne suis pas en colère. Mais je ne peux pas vivre comme ça… en soupçonnant tout le monde.

— Tu veux dire moi aussi ?

— Je veux qu'il parte du bureau. Il a chié sur notre amitié, sur notre dur travail, sur notre histoire commune.

— Est-ce que tu as voulu dire que tu me soupçonnais aussi ?

— Non, non… je me demandais simplement de quoi vous aviez parlé. »

Elle lui lança un regard de défi. « Il a dit que tu étais glacial et que tu méprisais ses clients, ses "fermiers noirs", comme il les appelle. Il a dit qu'il t'aimait et que tu le traitais comme un garçon de courses. Je ne t'ai pas défendu comme je l'aurais dû. Je ne sais pas pourquoi je ne l'ai pas fait. Peut-être parce que je le connais depuis si longtemps et que tout cela ressemblait trop à une affaire de famille – comme quand quelqu'un se plaint de son frère.

— C'était ça ? » demanda-t-il, les yeux rivés aux siens. Elle détourna vivement la tête. À cet instant on sonna à la porte. L'heure était trop tardive pour les Témoins de Jéhovah. Ils se levèrent tous deux lorsque la sonnerie résonna pour la seconde fois, longue, insistante. C'est fou ce qu'ils étaient inquiets, pensa-t-elle, ils semblaient ne s'attendre qu'à de mauvaises nouvelles. « J'y vais », dit-il.

La porte s'ouvrit sur une explosion de paroles confuses. Une voix d'homme montait et descendait, hystérique. Sophie vit Otto qui reculait, suivi d'un jeune Noir gesticulant. Il tenait sa tête rejetée tellement en arrière qu'on pouvait se demander comme la chéchia en léopard qu'il portait n'en tombait pas. Une écharpe rouge vif nouée à l'épaulette de sa chemise militaire traînait sur le sol derrière lui.

De courtes scènes de vol et de meurtre défilèrent devant les yeux de Sophie, apparaissant puis s'éteignant comme des diapositives projetées sur un écran.

«… Je veux juste téléphoner, m'sieur. On dirait bien que les gens du coin croient que les Noirs sont tous des assassins ! Seigneur ! Ils m'ont repoussé en bas de leurs perrons. J'ai reçu ce télégramme, et comme j'ai bien essayé de l'expliquer aux gens, je partage une chambre sans téléphone, et ma mère a eu une attaque. Elle vit dans le nord de l'État de New York, il faut que j'y aille. Il faut que j'appelle la gare, que je sache l'heure du train. Je n'ai jamais vu une bande de zèbres si peu hospitaliers, vous savez. J'ai des ennuis, m'sieur, et personne ne veut aider un type qui a des ennuis, vous savez. J'habite juste à quelques blocs d'ici et je ne peux pas mettre la main sur un téléphone. Ce soir, Mrs Villela a fermé sa bodega plus tôt, et elle me laisse toujours me servir de son téléphone ! Vous connaissez Mrs Villela ? Alors, s'il vous plaît...

— Oui, oui, dit Otto. Vous pouvez utiliser notre téléphone. Calmez-vous. Tenez, c'est là. »

Les deux hommes disparurent. Une minute plus tard, Sophie entendit le Noir demander les horaires et le prix du trajet sur le même ton monotone, paniqué et insistant. Après un court silence, il y eut des chuchotements. Le Noir apparut soudain dans l'entrée devant le salon. D'un geste étudié, il souleva sa chéchia, lui adressa un sourire brusque et hocha brièvement la tête.

« Vous avez là un homme de bien, m'dame. Un homme de bien. Et merci à tous les deux. Il reste quelques personnes en ce monde qui ne sont pas cinglées et je vous remercie pour ça, vous et votre bon mari. » Il disparut comme un danseur après son tour de piste. Otto lança un regard rapide à Sophie et le raccompagna jusqu'à la porte. « Un homme de bien ! l'entendit-elle encore crier. Un homme de bien... »

Otto revint dans le salon, un bout de papier brun à la main, l'air exaspéré.

« Je lui ai donné onze dollars, annonça-t-il. Je n'aurais pas dû. Il a dit qu'il n'avait pas, pour l'instant, de quoi se payer le voyage. Mais il a vraiment appelé la gare. J'ai même entendu la voix de la standardiste. Il a prétendu qu'il me les rendrait dès qu'il serait rentré et qu'il serait de nouveau à flot. Regarde, il a écrit son adresse. »

Ils examinèrent ensemble le petit morceau de sac en papier déchiré. « Je n'arrive pas à lire, dit Otto.

— Il a marqué Arthur Weinstein, dit-elle. Mais le nom de la rue est illisible. Il t'a vraiment dit qu'il s'appelait comme ça ?

— Non, c'est son colocataire, répondit Otto. Il ne voulait pas mettre son nom, je suppose.

— Peut-être croyait-il que c'était pareil.

— Je ne pense pas, non, dit-il d'un ton ironique. Je dirais plutôt qu'il est extrêmement malin.

— Mais son histoire est peut-être vraie.

— Je n'y crois pas.

— Ce n'est pourtant pas une histoire impossible. Ça arrive tous les jours. Et puis même, même si ce n'était pas vrai ? Ce n'est jamais que onze dollars !

— Tu veux dire que eux, que ces gens-là, n'ont pas de comptes à rendre ?

— Non, ce n'est pas ce que je voulais dire. Ce que je veux dire, c'est que quand tu donnes quelque chose à quelqu'un, tu le lui donnes, c'est tout.

— Il aurait aussi bien pu avoir un flingue à la main.

— Il aurait aussi bien pu faire des tas de choses. Oh et puis, quelle importance !

— J'étais gêné, et pour lui et pour moi. Mais c'est un bon plan. Parce que ça peut vraiment arriver tous les jours. Il avait même le nom d'une destination sur laquelle se renseigner.

— Qu'est-ce qui te fait croire qu'il mentait ?

— Mes préjugés, je suppose », dit Otto.

Elle monta chercher son sac et changer de chaussures. Elle ne pensait plus à rien d'autre qu'à l'hôpital.

10

Au bureau d'accueil de l'hôpital, une vieille employée pleine de poudre leur dit de ressortir dans la rue et de faire le tour jusqu'à l'entrée des urgences, un bloc plus loin. Il n'y avait pas moyen d'y accéder de ce côté-ci, dit-elle. Elle avait l'amabilité artificielle d'une hôtesse de l'air. Son sourire ne cacha pas à Sophie ce qu'elle pensait : dans la hiérarchie des patients, les cas qui relevaient des urgences appartenaient à la classe inférieure. Ils quittèrent vite le hall d'entrée, tous deux désagréablement conscients de la chaleur particulièrement angoissante qui semble être le climat naturel de la maladie.

La nuit était trouble et humide ; ils marchèrent dans un brouillard qui ressemblait à de la sueur sur une surface invisible. À l'entrée des urgences, un policier se tenait sur un pied, appuyant l'autre contre le mur de brique, le visage dénué d'expression. Ils poussèrent les battants de porte encadrés de caoutchouc et se retrouvèrent dans un long couloir au bout duquel se dressait un guichet haut comme une caisse de restaurant. Un homme y était assis, occupé à feuilleter d'un air important un bloc de papiers. Juste derrière lui, il y avait l'entrée d'une salle d'attente. Bien qu'il n'ait pas relevé les yeux à leur arrivée, il ne faisait aucun doute qu'il avait pris note de leur présence. Sa tête entama à regret un léger mouvement latéral jusqu'à ce qu'enfin, avec un soupir résigné, il les regarde en face. Il avait une fine moustache et une coiffure inégale tout à fait repoussante qui combinait calvitie et épais affleurements de poils.

« Oui ? dit-il. Nom ? »

Avant que Sophie ou Otto ait eu le temps de répondre, le téléphone sonna. L'homme décrocha et se lança dans une longue conversation indolente avec Dieu sait qui – ponctuée de fréquents éclats de rire qui faisaient disparaître sa lèvre supérieure jusqu'à la ligne noire de sa moustache juste au-dessus de ses petites dents. Les Bentwood restèrent là, le menton au bord du bureau, et quand Sophie se tourna pour lancer à Otto un regard impuissant, elle se demanda si, elle aussi, elle semblait avoir rapetissé.

Enfin, il raccrocha. « Nom ! » lança-t-il d'un ton impératif et mécontent, comme s'ils avaient dû répondre des heures plus tôt. Otto donna leurs nom, adresse, numéro de téléphone avec une froideur tout aristocratique, mais quand l'homme demanda s'ils avaient une assurance médicale, Otto s'en prit à ses poches comme s'il s'attaquait lui-même. Il finit par en sortir la petite carte couverte d'indications chiffrées.

« Bon, dit l'homme, et son regard passa du formulaire où il venait de noter les renseignements concernant les Bentwood vers ces derniers. Quel est le problème ?

— Un chat m'a mordue, dit Sophie.

— Ah ah ! répondit-il sèchement. Et où est cette morsure ?

— À la main.

— Quelle main ? demanda-t-il avec une patience étudiée.

— La main gauche.

— Quand ?

— Vendredi.

— Vendredi ! Vous voulez dire qu'il vous a mordue vendredi ?

— Oui.

— Z'auriez pas dû attendre si longtemps. Allez vous asseoir. On vous appellera. » Il reprit le téléphone, alors Otto et Sophie se dirigèrent docilement vers la salle d'attente.

Ça ressemblait à un terminal de bus, à un terrain vague, aux couloirs des vieux wagons de la B & 0, aux quais du métro, à un commissariat de police. C'était une combinaison de l'aspect transitoire, de l'atmosphère échevelée d'une gare de voyageurs et de la peur immédiatement perceptible d'un dernier arrêt avant le désastre.

C'était un trou aveugle qui sentait le cuir synthétique et le désinfectant, deux odeurs qui semblaient émaner du matériau déchiré et griffé des sièges placés les uns à côté des autres tout au long de trois murs. Ça sentait la cendre froide des mégots qui remplissaient à ras bord deux cendriers à pieds métalliques. Sur la lèvre chromée de l'un d'eux, un bout de cigare rougeoyait, humide, comme un morceau de viande mâchée. Il y avait l'odeur des épluchures de cacahuètes et des papiers de bonbons qui jonchaient le sol, l'odeur des vieux journaux, sèche, encrée, étouffante et un peu comme de l'urine, l'odeur de la sueur des aisselles et des aines et des dos et des visages qui se déversait et se desséchait dans l'air sans vie, l'odeur des vêtements – produits détachants enfouis dans le tissu et s'épanouissant à nouveau de façon ignoble dans l'air tiède un peu moite, picotant les narines comme des épines –, toutes les exsudations de la chair humaine, de ces existences animales, dont le bouquet montait puis se desséchait, mais en laissant derrière lui dans la pièce l'odeur inaltérable et particulière du désespoir, comme si la chimie se transformait en esprit, une ascension, en quelque sorte.

Contre le quatrième mur se dressait une longue table branlante sur laquelle on avait posé quelques magazines en lambeaux. Les pages de l'un d'eux voletaient dans une bouffée de chaleur produite par l'orifice d'une boîte en métal suspendue au plafond. La lumière qui provenait des spots encastrés était aigre et aveuglante comme une haleine malade.

Il régnait dans cette salle une confusion sous-jacente dans le fonctionnement des sens. L'odeur devenait couleur, la couleur devenait odeur. Des muets fixaient des muets avec tant d'intensité qu'ils auraient pu être en train de les écouter avec leurs yeux, et l'ouïe prenait une acuité surnaturelle, mais n'attendait pourtant rien d'autre que les syllabes familières des noms de famille. Le goût mourait, les bouches s'ouvraient dans la somnolence négative de l'attente.

Deux enfants dormaient allongés sur des sièges. Leur père, la tête rejetée en arrière, les lèvres mollement ouvertes, gémissait à intervalles réguliers. Sa femme se blottissait contre lui, sa petite tête enserrée dans un foulard, ses jambes, couvertes de poils noirs, touchant à peine le sol. Tout en elle était petit, sombre et noueux, et elle avait l'air si mal à l'aise qu'elle semblait la seule dans cette pièce à y avoir trouvé refuge – comme si elle était venue d'un lieu plus terrifiant encore. Près d'elle, trois hommes étaient assis serrés les uns contre les autres, tous coiffés d'un chapeau noir à bord étroit. Celui du milieu avait le bras tenu en écharpe de façon sommaire et il regardait l'horloge murale, ses yeux suivant fixement l'aiguille des secondes qui, sans cesse, en balayait le cercle. De l'autre côté de ces trois-là, il y avait une vieille femme bien habillée, qui portait un épais bandage autour d'une de ses jambes.

Elle jouait distraitement avec la poignée recourbée d'une canne noire, qu'à un moment elle heurta contre le pied d'un cendrier. L'homme qui gémissait pencha sa tête en avant d'un mouvement brusque, se tint le ventre et braqua les yeux sur elle. La vieille femme serra ses lèvres plissées de rides et très doucement, mais délibérément, donna un autre coup dans le cendrier.

« Allons-nous-en, chuchota Sophie, pressante. J'irai voir Noel mardi. Ça ne changera plus rien, maintenant. Nous n'avons pas besoin de rester là. » Otto la prit par le haut du bras et la maintint violemment. « Tiens le coup ! » exigea-t-il en grinçant des dents. « Tiens le coup ! répéta-t-il. Fais comme tout le monde. »

Une heure plus tard, peut-être deux, leur mère réveilla les enfants pour qu'ils accompagnent avec elle leur père en salle de soins. Son mari, lâchant son ventre une minute, la repoussa sur le banc. La fille aînée gloussa et envoya un coup de poing dans le cou de son frère. Il se mit à pleurer bruyamment et la femme se tint la mâchoire comme sous l'effet d'une rage de dents. Puis elle se releva. L'homme lui parla en espagnol, très vite, tandis que l'infirmière venue le chercher les regardait avec une patience meurtrière. Seule Sophie observait l'enfant qui pleurait, l'homme, qui maintenant s'était mis à crier, la silhouette têtue de la petite femme. Les autres blessés se détournaient de la scène ; leur attention continuait de se fixer sur l'aiguille des secondes de l'horloge, la canne noire, les pages de magazines battues par l'air chaud de la ventilation.

La femme finit par retomber sur le banc. Le garçon posa sa tête sur ses genoux et s'essuya le nez avec sa jupe. Bientôt, l'homme revint, une feuille de papier à la main qu'il agitait devant lui avec un air de gaieté menaçante. La femme à la canne fut appelée et au bout d'un moment, retraversa la salle d'attente en boitant, un nouveau bandage autour de la jambe. Restaient les trois hommes, silencieux, le visage dénué d'expression, comme des figurants engagés puis oubliés.

« Et si quelqu'un perdait tout son sang ? » murmura Sophie. Otto ne répondit pas. Il s'était endormi, le menton englouti dans le col de sa chemise.

« Madame Bentwood ! » dit l'infirmière, qui était à la porte. Otto bondit sur ses pieds. Peut-être qu'il ne dormait pas, pensa Sophie, mais faisait juste semblant parce qu'il ne pouvait plus la supporter, parce qu'il ne pouvait plus supporter qu'elle prononce un mot de plus. « Tu n'as pas besoin de venir, dit-elle.

— Oh, je t'en prie ! » fit-il en l'attrapant par le bras.

La salle de soins était divisée en deux par des rideaux blancs qu'on faisait coulisser sur des montants. Il y avait en son centre un grand bureau en forme de U où étaient posés des feuilles de température, des bouteilles, des cornues, plusieurs téléphones et une petite cafetière ébréchée. D'autres patients étaient là, dont certains probablement depuis longtemps. Une vieille femme faisait tremper sa main dans une bassine pleine de liquide savonneux, en regardant droit devant elle et en se mordant la lèvre inférieure. Au passage de deux infirmières, qui allaient et venaient d'un pas rapide devant elle, ses fins cheveux blancs se dressaient puis retombaient de chaque côté de son front. Un homme, dont la jambe entaillée saignait, regardait sa blessure avec un jeune médecin à la peau sombre, peut-être un Antillais. Appuyé contre le radiateur, sa veste déboutonnée, un gardien édenté parlait et souriait en taquinant l'infirmière qui préparait une seringue hypodermique. Celle qui avait fait entrer les Bentwood les laissa et disparut derrière un rideau. Le personnel se déplaçait autour d'eux, indifférent. Mais, après l'atmosphère de désolation de la salle d'attente, on se sentait dans cette pièce profondément bienvenu. Ici, il y avait des conversations, du travail, des solutions.

Un aide-soignant, noir, trapu, avec une tête carrée, la peau d'ambre sombre et des petits yeux qui brillaient au centre d'un réseau de veines rouges, s'avança vers Sophie et la regarda d'un air prévenant.

« À vous mon petit, dit-il. Bon. C'est vous qui avez été mordue par le chat, hein ? Allez, montrez-moi ça, mon petit. »

Elle lui tendit la main, quand l'homme qui avait la jambe tailladée émit un petit cri enroué, comme s'il venait seulement de comprendre qu'il avait le droit de se plaindre. « Non, non... », dit le médecin d'une voix douce.

« Je ne vais pas vous la couper, cette main », dit le Noir, cajoleur. Elle se sentit rassurée, retrouvant cette vieille impression dont elle avait cru autrefois qu'elle était une propriété exclusive des gens à la peau sombre – comme s'ils avaient été supérieurs aux autres dès qu'il s'agissait de prendre soin de la fragile chair blanche. Sa main arrêta son parcours à mi-chemin entre eux deux, elle le regarda intensément, consciente un instant de l'existence d'un monde d'idées inconnues la concernant, elle, ses vêtements, sa peau et son odeur. Puis elle finit son geste. « Oh oui, dit-il sur le ton de la réflexion. Je vois. »

Une infirmière, dont le visage semblait avoir été dessiné au pastel rose par un enfant, jeta un coup d'œil à la main de Sophie par-dessus l'épaule du Noir, puis dit quelque chose à un employé qui était debout à côté du bureau. Il prit le téléphone et composa un numéro. « Nous devons le signaler, vous savez, expliqua l'infirmière.

— Le signaler ? » répéta Otto.

L'inquiétude qui résonnait dans sa voix augmenta celle de Sophie, et elle s'écarta de lui, mal à l'aise.

« Qu'est-ce que vous voulez dire ? demanda-t-elle d'un ton sec à l'infirmière.

— Nous en informons la police. Nous sommes obligés de le faire. Toutes les morsures d'animaux doivent être signalées. » Elle secoua la tête d'un air sévère, puis répéta : « Nous devons le signaler.

— Comment s'appelle-t-elle ? » demanda l'employé, impatient. L'infirmière ramassa une feuille de papier. « Mrs Sophie Bentwood », répondit-elle avant d'épeler le nom et de donner l'adresse. Puis elle se retourna vers Sophie.

« Bon, et quand est-ce arrivé ?

— Hier.

— Hier ? Pourquoi est-ce que vous n'êtes pas venue tout de suite ? Hier !

— Je ne pensais pas que c'était nécessaire.

— Eh bien, vous aviez tort ! dit l'infirmière.

— Remontez votre manche, mon petit, dit le Noir.

— Pourquoi ? demanda Sophie, enfantine, parano et honteuse.

— C'est juste une petite antitétanique de rien du tout, ma chérie. Remontez simplement votre manche, mon petit, et l'infirmière va s'en occuper. » Il attendit patiemment qu'elle ait fait ce qu'on lui avait dit de faire et se dirigea ensuite vers la vieille femme, dont le visage s'adoucit, reprenant espoir à son approche. Une autre infirmière, gaie, la bouche humide, regarda la main que Sophie avait posée sur le bureau comme on expose un objet.

« Ce n'est sûrement pas le bon moment pour vous le demander, mais vous ne voudriez pas d'un chaton, par hasard ?

Un ravissant persan. La chatte d'une de mes amies en a eu trois, et il lui en reste un. »

Le gardien se mit à rire. « Non, là tout de suite, elle ne veut pas de chat », dit-il. À cet instant, un aide-soignant passa en poussant un lit devant lui ; un petit homme noir y était couché, replié sur lui-même, la joue contre la main, les yeux grands ouverts et vitreux. Un autre employé bondit vers les portes, les ouvrit d'un coup et le lit s'élança dans le couloir.

« Détendez-vous », dit une infirmière à l'oreille de Sophie. La piqûre fut rapide et indolore. Elle respira profondément, rougit. C'était fini – elle s'en était sortie.

« Il faudra faire les piqûres », dit l'infirmière. Elle avait posé la seringue sur le bureau et se penchait vers Sophie, qui perçut une senteur de tissu repassé, de déodorant et d'odeur intime faisandée qui semblait émaner de ses cheveux roux très frisés.

Le cauchemar qu'elle avait redouté se figea en une dure réalité. Elle lança un regard à Otto ; la pitié que montrait son visage datait d'avant l'instant où elle avait appris la nouvelle. Elle ne lui servait plus à rien.

« Ça se passe au Service de santé, expliqua l'infirmière. Vous n'aurez qu'à aller là-bas et ils s'en occuperont. » Tout le monde regardait Sophie, ouvertement. Elle ressentit leur attente comme un mouvement en avant – celui d'un groupe de gens en train de se pencher au-dessus de quelqu'un qui a eu un accident. Puis l'infirmière sourit et lui toucha doucement l'épaule. Les autres, le gardien, les aides-soignants, retournèrent à leurs occupations.

« J'y ai eu droit, moi aussi, dit l'infirmière. Ne vous en faites pas, ce n'est pas si méchant que ça.

— Pas si méchant ? demanda Sophie à haute voix. Oh, je vous en prie ! Pas si méchant ? En plein dans le ventre ?

— Oh, c'est fini, ça, maintenant, répondit l'infirmière.

Ils vous les font dans le bras. Je vous assure. Ce n'est vraiment pas méchant.

— Il s'agissait d'un chat, pour vous aussi ? » demanda Sophie affolée. Elle était certaine que l'infirmière avait menti.

« Vous pouvez redescendre votre manche, maintenant. Non, ce n'était pas un chat. Je rentrais chez moi un soir et je me suis retrouvée nez à nez avec une meute de chiens. Il y en a un qui m'a mordue. Ce n'était pas grave, mais, quand même, une morsure ouverte. Il faisait assez sombre et je n'ai pas vu voir lequel m'avait fait ça. De toute façon, je ne lui aurais pas couru après, je n'étais pas d'humeur.

— Mais ce chat n'est pas malade. Je sais bien qu'il ne l'est pas.

— Ça ne se voit pas », dit l'infirmière, et sa voix avait changé. La note de sympathie avait disparu. Elle avait ressenti l'attitude récalcitrante de Sophie comme un caprice dont elle n'était pas obligée de s'occuper.

« Nous pouvons attraper le chat, dit Otto.

— Oh, dans ce cas, dit l'infirmière. C'est une autre histoire. Si vous y arrivez, vous n'aurez plus qu'à l'emmener à la SPA. Ils l'examineront et enverront les résultats à la police. Vous n'aurez rien à faire, même pas à décrocher le téléphone. »

Debout à côté du bureau, le médecin à la peau sombre la regardait. Il secoua très légèrement la tête. « Il vaut mieux que vous preniez des antibiotiques, dit-il en commençant à rédiger une ordonnance.

— Elles ne font vraiment pas mal, alors ? » demanda Sophie à l'infirmière d'un ton apaisant, en se disant, je n'ai pas de fierté, aucune ressource personnelle, pas de religion, rien, pourquoi est-ce que je ne me tais pas ? Pourquoi est-ce que je ne me tais pas !

« C'est rasoir, dit l'infirmière. Il faut y aller tous les jours pendant une quinzaine. Mais ça en vaut la peine. Cette maladie est vraiment atroce ! Je n'ai jamais vu personne qui l'ait eue, mais après ce qui m'est arrivé, j'ai lu des tas de choses à ce sujet. Naturellement, ça m'intéressait. » Elle se tourna et se plongea dans un dossier. Les Bentwood furent autorisés à s'en aller. De l'autre côté de la pièce, l'aide-soignant noir se penchait vers la vieille femme. « Montrez votre main, mon petit. Je vous demande juste de me la montrer. Je ne vais pas vous la couper. Ah, voilà, ça c'est une bonne fille. Mais ça va mieux, beaucoup mieux ! »

Le son d'une sirène vrombit puissamment, puis s'étrangla soudain, et une lumière jaune clignota dans l'une des trois ampoules fixées au mur.

« Alerte jaune ! dit le gardien en regardant la lampe s'allumer et s'éteindre.

— Qu'est-ce que c'est ? demanda Sophie à l'aide-soignant qui était sur le point de lui ouvrir la porte.

— Quelqu'un s'en est allé, dit-il.

— Mort ? demanda Sophie.

— Peut-être, répondit-il. On appelle ça un arrêt cardiaque. Il y a une équipe spécialisée, ce sont les “spécial arrêt”. Et quand ils entendent cette sirène, ils courent vers le patient, le mettent par terre et vérifient où il en est, et s'il n'est pas vraiment mort, ils ont leurs trucs pour le faire redémarrer. » On aurait dit qu'il allait se mettre à rire, puis il jeta un coup d'œil par-dessus son épaule vers la vieille femme et se précipita vers elle. Elle était assise immobile, la main sur les genoux. Il la prit, savonneuse, comme sans vie, dans la sienne, noire. Otto passa la porte mais Sophie s'arrêta, regarda en arrière.

« Vous n'êtes pas là pour batifoler, mon petit », dit l'aide-soignant à la vieille femme en replongeant sa main dans l'eau moussante.

« Nous allons attraper le chat, dit Otto quand ils montèrent en voiture. Ne t'inquiète plus. Je suis content qu'on t'ait fait cette piqûre. C'est fini, maintenant.

— Tu savais ça, toi ? Que quand quelqu'un meurt, la sirène se met en route comme un réveille-matin ?

— Je n'y ai jamais pensé.

— Mon père m'a dit qu'en France, dans les villages, on sonne le glas à la cloche de l'église pour chaque mort.

— C'est mieux, dit-il avant d'ajouter d'un ton quelque peu ironique, ça rend la mort plus romantique.

— Oh, Otto ! cria-t-elle. Il va falloir que je me fasse faire ces piqûres !

— Non, tu n'en auras pas besoin.

— L'infirmière les a eues, alors pourquoi pas moi ? J'ai tellement honte de faire toutes ces histoires, tout ce ramdam.

— Ce n'est pas grave. Fais tout le ramdam que tu veux. Si ça peut t'aider. Mais ne mélange pas tout. Il ne s'agit que d'une formalité médicale. Tu n'es pas en danger… ce n'est qu'un incident sans gravité. Tu ne mourras pas. Tu mélanges toujours tout.

— Pourquoi est-ce que je suis comme ça ? demanda-t-elle.

— Je ne sais pas. Peut-être que tu aurais été plus heureuse dans un village où l'on sonne le glas.

— Comment est-ce qu'on va attraper cette bête ?

— Il reviendra chercher à manger.

— L'avoir nourri va donc servir à quelque chose, finalement. Autrement nous n'aurions pas pu l'appâter avec de la nourriture. » Elle réussit à mettre sur son visage un pâle sourire qui se perdit quelque part dans les garnitures de sièges de la voiture. Il dut l'avoir senti. Il rit, soulagé.

« Il y a beaucoup à dire en faveur de la logique, dit-il. Même quand elle est folle. »

Ils trouvèrent une pharmacie ouverte sur Atlantic Avenue. Plusieurs individus à l'air déprimé attendaient pendant que les pharmaciens officiaient derrière une cloison de verre. La lumière implacable d'un plafonnier tombait sur l'assortiment habituel des produits rentables habituellement exposés devant les clients.

« Vous avez votre carte d'assurance sociale ? » demanda un pharmacien d'âge moyen à un homme qui se tenait devant le comptoir, l'air rêveur. Il sursauta. Il avait l'air ahuri, comme si on venait de le réveiller pour des raisons brutales.

« Vous savez bien que je ne peux pas remplir ça, dit le pharmacien en lui rendant une feuille par-dessus le comptoir. Vous devez me donner votre carte. Qu'est-ce qui se passe ? Vous ne l'avez pas ? »

L'homme ne broncha pas. Il semblait incapable de rassembler ses mots, incapable de trouver l'explication qui lui permettrait de se faire entendre par son adversaire, mais son attitude dénotait une vague détermination à s'opposer aux lubies de la procédure officielle en restant là. Le pharmacien émit un son impatient et regarda plus loin, vers les Bentwood. « Oui ? » Otto lui tendit l'ordonnance.

L'homme qui n'avait pas sa carte ne bougea pas. Puis, juste quand les gélules de Sophie allaient lui être remises, il partit d'un pas décidé vers la porte. Il laissa tomber son ordonnance par terre. « Merde, merde, merde », répéta-t-il sans emphase, et même, eût-on dit, sans colère.

« Ils vont devoir tuer le chat, non ? demanda Sophie à Otto, alors qu'ils se garaient devant chez eux.

— Je pense, dit Otto. Mais je n'y connais pas grand-chose. Ils doivent examiner le cerveau.

— J'ai tué le chat, dit-elle.

— Nous ne l'avons pas encore attrapé », répondit-il.

11

« Demain je t'emmène à Flynders, promit Otto. Il va faire beau. À mon avis, le brouillard de ce soir n'est qu'une brume printanière. Nous partirons tôt, comme ça, nous pourrons déjeuner à l'auberge de Quogue. Nous irons nous promener, histoire de penser un peu à autre chose. Ça te fera du bien. »

Sophie alluma une lampe. « S'il revient…

— Il reviendra.

— Je l'ai peut-être effrayé pour de bon, dit-elle en se dirigeant vers la porte de derrière.

— Quand il t'a attaquée ?

— Eh bien – il sait certainement qu'il s'est passé quelque chose.

— Ça fait partie de sa vie de chapardeur, à ce sauvage. La seule chose qu'il sache, c'est où trouver à manger. »

Elle jeta un coup d'œil de l'autre côté de la porte. À l'exception de la surface humide d'une palissade sur laquelle tombait la lumière d'une fenêtre d'en face, la cour était plongée dans l'ombre. Otto arriva de la cuisine avec un bol.

« Regarde, les foies de volaille. Si ça, ça ne le fait pas revenir… Est-ce qu'on a une boîte, quelque part ? Un bon carton bien solide ?

— Sûrement. Tu gardes toujours tout.

— Va voir en haut, tu veux ? Je vais mettre le bol dehors.

— Non, ne fais pas ça, Otto. Un autre chat viendra voler les foies. » Elle le regarda debout devant elle, tenant le bol dans ses mains comme une offrande. Il était complètement absorbé par ce projet qu'elle trouvait déraisonnable. Peut-être était-ce la nature même de ce plan qui l'entraînait à ne voir en eux que deux idiots. La coquille extérieure de la vie adulte, sa dignité, pouvait vraiment se briser en éclats sous le coup de ce qui était tout à la fois réel, inéluctable, et absurde.

« Aucune chance, dit-il. Je vais rester faire le guet. » Il ouvrit la porte et posa le bol juste sous le rebord, puis alla chercher une chaise et sa serviette dans le salon. Sûr de son plan, il lui adressa un sourire confiant, et déballa un cigare. Peut-être avait-il raison, raison d'être comme il était.

« Je suis prêt, dit-il. Va chercher le carton, Sophie. Vas-y, maintenant… »

À onze heures, le chat n'avait pas réapparu. Otto rentra le bol de foies et le posa à côté du carton que Sophie avait trouvé dans le débarras. Il fit tout cela avec des mouvements calculés, comme pour lui montrer que tout se déroulait selon ses prévisions. « Il reviendra demain matin, dit-il d'un ton ferme.

— Pour l'amour de Dieu – tu ne peux pas avoir de doute, non ? »

Il l'ignora. Il alla jeter les cendres de son cigare dans la cuisine, rapporta la chaise dans le salon et vérifia que la porte d'entrée était fermée à clef.

« Il faudrait partir à neuf heures. Comme ça, on serait à Flynders vers midi.

— Je vais l'attendre. Je dois le faire, je le dois », dit-elle.

Il la regarda. « Tu as les yeux rouges. Il vaut mieux que tu ne lises pas, ce soir.

— De toute façon, j'en suis incapable.
— Je vais éteindre les lumières de la cuisine. »
Quand il fut parti, le chat gris apparut.
« Otto ! »
Il se précipita dans la salle à manger. « N'ouvre pas la porte tout de suite. Attends... Il faut que je mette les foies dans le carton. Attends une minute.
— Laisses-en un dehors, il le sentira mieux.
— Attention ! Je vais ouvrir.
— Mets-le sur le rebord.
— Je sais ce que j'ai à faire. Prête ?
— Pas encore. » Elle courut vers la penderie et en revint avec deux paires de gants appartenant à Otto. Assez mal à l'aise, elle lui tendit les neufs, en basane, et en enfila une vieille paire en peau de chamois. « J'ai été mordue », dit-elle. L'animal les regardait tranquillement, seule sa queue oscillait légèrement.
« Maintenant ! » dit-elle.
Il ouvrit la porte. La bête miaula délicatement. Otto laissa tomber un foie de volaille sur la terrasse. Avant de glisser à terre, le bout de viande heurta le dos du chat. Il le mangea à toute vitesse, avec frénésie, en grognant de plaisir, puis il leva la tête pour en redemander.
« Sur le rebord, sur le rebord... », chuchota-t-elle haletante.
Otto lâcha un second morceau. Le chat le saisit dans ses griffes, le fit passer d'un côté à l'autre, le déchira, l'avala, et se mit à marcher en rond, très agité, sur le seuil de la porte.
« Le bol !
— Mais tu vas te taire, oui ! » siffla-t-il. Il tenait le bol à trente centimètres du sol. L'animal passa au-dessus du rebord ; ses pattes de devant étaient sur le plancher de la salle à manger,

sa tête se balança d'avant en arrière tandis qu'il humait l'air. Sophie eut un frisson profond. Otto garda le bol juste hors de portée de l'intéressé. La forme grise s'étira. Otto fit lentement descendre l'appât dans le carton, murmurant, susurrant, « Là, là, c'est là, viens, c'est là... » Avec un regard de rat, furtif, inexpressif, le chat finit d'entrer dans la salle à manger.

Les Bentwood attendirent. Le chat se frotta contre le carton, le griffa sauvagement, poussa des miaulements plaintifs. Puis il se mit à l'œuvre – se dressa, retomba, poussa de son corps la surface cartonnée. Sa tête tournait sans arrêt, d'un mouvement nerveux. Il ne semblait pas avoir conscience de la présence des Bentwood, qui se tenaient immobiles à un mètre de lui. Puis soudain, juste au moment où Sophie se demandait comment ils allaient le faire ressortir de la maison, maintenant qu'il y était entré, il bondit dans la boîte.

« Vite ! » cria Otto.

Ils fermèrent les rabats. « Tiens-le, tiens-le, cria Sophie. Oh, mon Dieu ! Je n'y arrive pas... il pousse... »

La boîte était violemment secouée. De sa main libre, Otto passa autour d'elle une corde à linge, qui, à chaque tour, cognait le sol dans un bruit mat. Le chat hurla.

Une odeur envahit leurs narines, âcre, viciée, nauséabonde.

« La peur », chuchota Otto. Leurs yeux se croisèrent au-dessus du carton qu'ils tenaient tous les deux, accroupis devant la porte. Puis Otto noua la lourde corde. C'était fini.

L'animal s'était tu. Seule l'odeur de sa terreur flottait dans l'air tout autour d'eux. Sophie haletait.

« Laisse la porte ouverte», dit Otto.

Il emporta le carton dans l'entrée, puis il mit son manteau. Elle prit le sien. « Non, dit-il. Tu ne viens pas. Ce n'est pas loin. Je t'en supplie, va te coucher, ne pense plus à rien. »

Elle regarda par la fenêtre Otto se diriger vers la voiture en portant son fardeau. Il le posa sur le trottoir, ouvrit le coffre et fourra le carton dedans. Même de là où elle était, ce dernier semblait trempé. Peut-être n'était-ce que le brouillard.

Mais elle savait que ce n'était pas le brouillard. Le corps du chat s'était répandu, comme s'il avait été écrasé, il s'était conchié. Elle regarda sa main gauche. Elle avait désenflé.

Sur la table de la salle à manger, elle vit le sachet que le pharmacien lui avait remis. Elle avala une gélule avec du whisky.

Quand Otto revint, une heure plus tard, il la trouva assise sur le lit, où elle s'était fait un nid grand comme celui d'une autruche. Elle avait empilé autour d'elle des oreillers, des livres, des magazines. Il se mit à rire.

« Qu'est-ce que tu cherches à faire ?

— J'essaye de m'amuser, dit-elle, et ça ne marche pas.

— Le gardien de nuit de la SPA m'a dit qu'il n'y avait eu aucun cas de rage dans le quartier depuis trente ans.

— Qu'est-ce qu'ils font à ces animaux ? Est-ce qu'ils les tuent ?

— Je ne sais pas. Il a emporté la boîte. Le chat s'était mis à feuler, mais ça n'a pas eu l'air de l'inquiéter. Il a ri, c'est tout.

— Quand est-ce que je saurai ?

— Lundi.

— Pas avant ?

— Le médecin qui fait les examens ne revient pas avant lundi. Ce n'est même pas la peine de les appeler, l'infirmière avait raison. S'il y a quoi que ce soit – et cela n'arrivera pas – ils nous téléphoneront lundi, avant midi. C'est vraiment fini maintenant.

— Mais tu ne m'as pas répondu à propos du chat.

— On n'est plus obligé de les tuer », dit-il, puis il hésita. Il ramassa un magazine qui avait glissé à terre et le laissa retomber sur le lit. « Apparemment, tout ce dont ils ont besoin pour déterminer si l'animal est sain ou non, c'est un petit peu de sa salive. Mais quand il m'a demandé si je voulais qu'ensuite on me le rende, j'ai répondu que non. Il a dit qu'ils en disposeraient.

— Qu'ils en disposeraient ?

— Ça suffit, Sophie.

— Bon.

— C'était affreux, non ? De le faire entrer dans la boîte ?

— Affreux.

— Il faut que je descende mon manteau.

— Oh, Otto, laisse-le sur une chaise.

— Je suis fatigué.

— Il a fait du bruit, dans la voiture ?

— Pas du tout. Rien, jusqu'à ce que je remette la boîte au gardien. »

Il regarda son manteau, incertain. « Allez, je vais le descendre.

— Il ne se passera rien, si tu le laisses là juste une fois », dit-elle, exaspérée. Il le posa sur une chaise.

« Nous avons eu de la chance, dit-il.

— Nous avons toujours de la chance », répondit-elle.

Otto éteignait systématiquement le radiateur de la chambre dès le plus léger signe de printemps, et il commençait à faire frais. Il frissonna en se déshabillant. Puis il resta là, nu, à regarder le lit d'un air perplexe.

« Qu'est-ce qu'il y a ? demanda-t-elle.

— J'ai faim, et je ne sais pas ce que j'ai envie de manger. »

Elle lui fit quelques suggestions, mais sans succès.

Alors elle dit : « Oh, viens te coucher », et il tomba lourdement à côté d'elle, comme s'il avait reçu un coup. Elle laissa les magazines glisser à terre et prit un roman de Balzac sur sa table de nuit. Mais l'ambition et les poignantes inepties de Mme de Bargeton ne retinrent pas son intérêt. Son esprit s'évadait de la page. Otto dormait à côté d'elle. Elle se redressa sur les oreillers, resta ainsi un long moment, en se demandant quelle était cette chose qui affleurait sous l'attention feinte qu'elle portait aux pensées désordonnées qui lui traversaient maintenant l'esprit.

Elle visualisa délibérément la salle de séjour de leur ferme à Flynders, puis, troublant l'image claire de ce lieu familier, celle d'une autre pièce commença à se former : le salon étriqué de son enfance, où son père et un de ses amis parlaient tard dans la soirée tandis qu'elle restait à demi endormie sur le divan victorien, écoutant le bourdonnement des voix basses, sentant contre sa joue le picotement d'un crin qui avait traversé le capitonnage noir, confiante, rêvant à la brillante vie d'adulte qui l'attendait, elle, dans la réalité.

Elle posa sa main sur sa joue, et, touchant l'endroit où le crin l'avait piquée, elle sursauta devant la force d'un souvenir qui pouvait, le temps d'une respiration, effacer la distance qui séparait l'enfant ensommeillée de l'adulte épuisée, comme si, pensa-t-elle, il lui avait fallu toutes ces années pour monter l'escalier qui menait à son lit.

12

Ils décidèrent au dernier moment d'emporter un pique-nique. Une fois arrivés à Flynders, ils pourraient allumer un feu dans le salon et manger devant l'âtre.

La matinée semblait peu prometteuse ; le ciel était étale, d'aspect humide. Il y avait pourtant quelque chose de festif à envelopper les sandwiches dans du papier sulfurisé, à rincer le thermos. Quelques grains de sable tombèrent du panier en osier sur la paillasse de la cuisine.

Sophie s'était réveillée envahie par un sentiment d'espoir et d'inquiétude accrue. Que le chat ait peu de chance d'être enragé n'avait, curieusement, fait qu'augmenter l'horreur de la possibilité qu'il le soit. Avec des gestes rapides, elle emballa la nourriture, prépara soigneusement les piles de manteaux et de gants en mouton retourné, la couverture de la voiture, un exemplaire de *La Ferme africaine*[1], qu'elle lirait à Otto en chemin. Il ferait sûrement plus froid à Flynders qu'en ville. Là-bas, il y avait de vraies saisons.

« Tu te sens mieux, annonça Otto, de toute évidence soulagé.

1. Récit de Karen Blixen.

— Oui. Je n'ai plus mal. Mais la pensée de ce coup de téléphone me rend folle…

— Tu ne vas quand même pas t'inquiéter pour ça, non ?

— On ne sait jamais ce qui peut arriver.

— C'est une formalité, pas un tirage au sort.

— J'ai trouvé tes clés sur le divan. Tu as dû les laisser tomber là hier soir.

— Prends ta gélule. »

Ils parcoururent des kilomètres à travers le Queens, où les usines, les entrepôts et les stations d'essence se serraient contre des maisons à un étage séparées en deux appartements, si étriquées et délabrées que, comparées à elles, les tombes nettes et toutes identiques élevées sur les îlots de cimetières qui se glissaient entre les bâtiments semblaient promettre un avenir plus humain. Les trottoirs, dalles brutes de ciment craquelé, s'étiraient sur un bloc ou deux, puis s'arrêtaient inexplicablement, et au milieu de l'asphalte des rues, sur de courtes distances, des rails d'anciens tramways luisaient parfois au milieu des nids-de-poule. Çà et là, l'immense squelette d'un nouveau complexe immobilier s'élevait sur un terrain de rapport ; souches d'arbres, blocs de pierre et mottes de terre s'entassaient autour des fondations. Des cris de rage et d'ennui étaient tracés en travers des murs d'usines, et, parmi ces menaces, ces imprécations, invitations et autres leçons d'anatomie, le visage d'un candidat de l'Alabama à la présidence ouvrait de grands yeux morts et noirs sur des affiches de campagne, réclamant ce territoire comme sien. Il s'agissait de *son* pays, annonçait le slogan – votez pour lui –, des malades mentaux appelant tendrement d'autres malades mentaux.

Il restait quelques églises, pour la plupart petites, en briques rouges ou en plâtre moucheté. Mais il y avait aussi une grande cathédrale baroque espagnole dont l'entrée était fermée par des grilles de fer. Elle se dressait au milieu de cette décrépitude urbaine suppurante et rampante comme une grande éminence glacée, à moitié morte d'arrogance.

« Si seulement il y avait une autre route pour aller à Flynders, murmura Sophie.

— Fais-moi la lecture, l'incita Otto. Nous n'en avons plus pour longtemps avant de sortir d'ici.

— C'est d'une laideur désespérante.

— Ne regarde pas », répondit-il très vite.

Elle ouvrit le livre sur ses genoux. « Il va bientôt me falloir des lunettes, dit-elle en baissant les yeux sur la page. Est-ce que tu arrives encore à lire l'annuaire ? » Il ne l'écoutait pas. Il fixait, à travers le pare-brise, la route désolée qui s'étendait devant eux.

« Otto ?

— Je pensais à ce que Charlie m'aurait dit s'il m'avait entendu te conseiller de ne pas regarder. Il m'aurait sauté dessus. Quel bel exemple de mon manque de conscience sociale !

— Est-ce que tu examines toutes tes pensées à la lumière de ce qu'aurait dit Charlie ?

— Tu te souviens, il y a des années, de ces citations de Thoreau qu'on énonçait pour un oui pour un non, et de celle qui parlait du désespoir tranquille de la plupart des existence humaines ? Eh bien, un matin, il y a environ un mois, je suis entré dans le bureau de Charlie et je l'ai trouvé affalé devant sa table, en train de regarder ce qu'il avait écrit en majuscules sur un morceau de papier. C'était cette phrase. Je lui ai demandé, d'un ton que je croyais léger – bien que, comme tu le sais, je ne sois pas très doué pour ce genre de choses –, si sa vie était tranquillement désespérée. Je ne sais pas…

La matinée était belle, la lumière du soleil tombait sur le tapis, il faisait froid dehors, et je voulais que tout aille bien... Il m'a lancé un regard de haine absolue. Il m'a dit que ces mots étaient un exemple parfait du narcissisme bourgeois. Et quand j'ai répondu que Thoreau n'avait pas eu l'intention d'exprimer ça, il a hurlé que l'intention n'était rien, absolument rien, mais que la vérité résidait dans la seule utilisation qu'on faisait d'une chose. Il y avait des clients dans la salle d'attente et le standard était surchargé d'appels. Charlie m'a regardé comme un gorille irlandais, menaçant, prêt à me tuer. Je lui ai dit qu'il déconnait. J'étais abasourdi, de toute évidence, je le dégoûtais vraiment. Puis il a braillé qu'il n'avait jamais été aussi difficile de résister à une oppression qu'à celle de la bourgeoisie, car elle porte des milliers de visages, y compris celle de la révolution, qu'elle est un ventre insatiable capable de se nourrir même du poison que ses ennemis répandent pour la détruire. Je lui ai demandé s'il connaissait une autre solution, alors il a sonné sa secrétaire et il lui a dit de faire entrer son rendez-vous.

— Mais la vie est vraiment désespérée, dit Sophie d'une voix presque inaudible.

— Tu as dit que la vie était désespérée ? » demanda Otto en se penchant vers elle. Puis, d'un seul coup, il éclata de rire. « Fais-moi la lecture, répéta-t-il. Allez, vas-y. » Ainsi, tandis que la Mercedes rejoignait la circulation de plus en plus dense en direction de l'est sur l'autoroute, Sophie lut à Otto des pages qui évoquaient les collines vertes de l'Afrique.

Au milieu de la matinée, ils s'arrêtèrent prendre un café et restèrent assis paisibles et silencieux dans la salle surchauffée jusqu'à ce qu'Otto, en essayant d'ouvrir un petit récipient en plastique qui contenait du lait, le renverse sur lui. Il se mit à jurer, et, après une tirade grossière, affirma que le changement ne faisait jamais que rendre les choses bien pires.

Sophie eut l'impression de le retrouver, après deux jours pendant lesquels elle avait eu du mal à le reconnaître, et elle comprit soudain que, depuis vendredi, il s'était contenu, que, pour la protéger, il avait mis son propre personnage à l'écart, comme il aurait enfermé dans un placard quelque parent de mauvaise réputation dont la présence aurait pu l'ébranler. Elle eut envie de le rassurer, et elle cherchait comment, lorsque Otto lui demanda ce que Charlie lui avait dit exactement dans la nuit de vendredi.

Elle pensa qu'il allait continuer à lui poser cette question, et qu'elle continuerait d'être incapable de lui raconter. Elle ne se souvenait plus de ce que Charlie lui avait dit dans la nuit de vendredi.

« Pas grand-chose qui te concerne, en dehors de ce que t'ai déjà expliqué.

— Ce qu'il a dit à mon sujet n'a pas d'importance. Il devait avoir une idée derrière la tête en te parlant, quelque chose qui avait à voir avec le fait que c'était à toi qu'il s'adressait. »

Le temps s'éclaircissait. Elle vit par la fenêtre la marque du soleil s'élargir sur le toit de la Mercedes et sur une Cadillac rouge, très sale, garée juste à côté. Elle regarda autour d'elle, en cherchant vaguement à qui cette voiture pouvait appartenir. Un couple était assis au comptoir, d'âge moyen, rondouillards, vêtus avec mauvais goût.

« Qu'est-ce que tu crois qu'il pouvait avoir en tête ?

— Le désordre. Créer du désordre.

— Tu sais à quoi tu me fais penser ? À quelqu'un qui vient d'obtenir le divorce et qui se persuade que sa vie de couple n'a été qu'un long supplice. »

Il soupira. « Tu dois avoir raison. »

Ils se levèrent et Otto se dirigea vers la caissière assoupie, inondée de soleil. Sophie passa devant le couple d'âge moyen et entendit l'homme murmurer d'un ton agressif : « J'emmerde leur QI ! S'il ne travaille pas, qu'est-ce qu'on en a à foutre qu'il soit intelligent ou non ! » Le pot de chambre noir qui servait de chapeau à la femme sembla légèrement s'élever au-dessus de sa tête. Sa bouche se referma d'un coup, comme si elle venait de couper un fil.

Tandis qu'ils retournaient vers leur voiture, Sophie jeta un coup d'œil à l'intérieur de la Cadillac et vit, posés l'un à côté de l'autre sur le siège avant, une grande boîte de Kleenex et un Pékinois qui dormait.

« Je voudrais que Charlie soit parti, dit Otto en enclenchant la marche arrière. Ne plus l'entendre, ne plus le voir.

— Les gens semblent toujours avoir besoin de faire beaucoup de bruit, quand ils s'en vont », dit-elle – sauf les gens comme moi, pensa-t-elle intérieurement, en se rappelant avec quelle docilité et dans quel silence elle avait disparu de la vie de Francis. Mais de toute façon, elle n'aurait rien pu faire. Pourtant, pendant un instant douloureux, elle fut rattrapée par une question sans réponse qui la rongeait : et si Francis avait été libre ? Et si la porte s'était ouverte en grand, aurait-elle franchi le pas ? Elle jeta un coup d'œil à Otto. Francis ne l'avait pas seulement privée de lui. Il lui avait volé la certitude qu'elle avait toujours éprouvée à propos d'Otto.

« Pourquoi est-il obligé de me détruire ?

— Est-ce bien ce qu'il fait ? »

Il grogna. « Non. Mais ça laisse des marques... des gens qui me connaissent depuis des années demandent des nouvelles de ma santé à ma secrétaire. Ça me dégoûte.

— Les clients qui resteront avec toi oublieront ça très vite. Les gens ne pensent pas tellement aux autres.

— Si, quand on est avocat. Lorsqu'ils ont des problèmes, ils pensent à toi. Il aurait mieux valu que je ressemble à mon père. Il a fondé sa vie sur le postulat que rien ne peut naître de rien. Et l'espoir lui tombait dessus comme le désespoir s'abat sur d'autres vies. Il détestait l'espoir. Espérer était pour lui indigne d'un homme, un vrai. Envisage le pire, mon fils, et tu ne seras jamais déçu… J'étais avec lui, dans sa chambre d'hôpital, quand il est mort. Il ne pouvait plus ni parler ni bouger, et la moitié de son visage était paralysée. Mais il est sorti de son coma juste assez longtemps pour m'adresser un sourire tordu. Je savais ce qu'il voulait dire : "Tu vois, hein ? Tu vois comment tout ça finit ?"

— C'est la prochaine sortie.

— Je sais… »

Ils firent le tour d'un échangeur, prirent une autre direction.

« Nous sommes presque arrivés, maintenant, dit Otto d'un ton joyeux. Tout ira bien. On va peut-être être un peu juste, question argent. Deux clients sur lesquels je comptais sont partis avec Charlie. Mais il y a eu une sorte d'échange. » Il rit, et continua. « Si tu savais ce dont j'ai hérité. J'aurais pu dire à cette femme de s'adresser à quelqu'un d'autre, car je ne m'occupe généralement pas de ce genre d'affaires. Mais quelle fichue solitude. Charlie l'avait laissée tomber, son cas devait l'ennuyer – Charlie s'ennuie vite – et j'ai décidé de la prendre, juste pour montrer que j'en étais capable, j'imagine.

— Qui est-ce ?

— Mrs Cynthia Kornfeld. Elle est arrivée au bureau avec un index fracturé et dix-huit points de suture sur le crâne. »

Il accéléra. C'était pour lui une entrée en matière dramatique. Il vint à l'esprit de Sophie qu'il avait été excité à l'idée de faire une chose à l'encontre de ses goûts habituels. Il lui lança un regard, souriant, pesant peut-être l'effet de ses mots. Elle lui répondit d'un rire et lui dit de continuer.

« Son mari est un salopard – je ne devrais pas dire ça, ce n'est pas une bonne façon de commencer – qui s'appelle Abe Kornfeld. Il y a deux ans, il est devenu riche. Et tu veux savoir comment ? Il a acheté une douzaine de machines à écrire d'occasion dans une de ces boutiques de Canal Street. Puis il les a démontées et remontées dans le désordre en arrangeant les claviers de façon qu'on ne puisse y rédiger que des mots dénués de sens, mystérieux. Une galerie les a exposées. Il touchait deux mille dollars pour un modèle de bureau, mille pour une portative. C'était sa première exposition. Il a mis au point différents prototypes, ce qui lui a permis de vendre à des prix encore plus élevés – une Royal standard, par exemple, était beaucoup plus chère qu'une Smith Corona ordinaire, mais une portative à clavier japonais valait plus que ces deux-là. Ils habitaient dans un appartement qui occupait un étage entier sur Hudson Street depuis quinze ans. Il a transformé une des pièces en usine et elle a renoncé à son travail de professeur remplaçante – elle l'avait entretenu, quand il peignait – et ils se sont mis à produire ces trucs à un rythme incroyable, elle disait que c'était facile, que si je voulais, elle me montrerait, et malgré cela, ils n'arrivaient pas à faire face aux commandes. Elle était abasourdie – et effrayée – devant l'argent qu'ils gagnaient. Elle pensait que ce n'était qu'une mode qui durerait jusqu'à ce qu'un autre truc prenne sa place. Mais lui disait que c'était une découverte révolutionnaire, que la destruction d'une machine à écrire et sa reconstitution, son humanisation, comme une sorte d'oracle, était un coup directement porté au béotisme américain. Il a cassé son vieux chevalet, l'a jeté dans la rue et déchiré toutes ses anciennes toiles. Il s'est mis à acheter des choses. Une montre Piaget, par exemple. Il en a enlevé les deux aiguilles en lui disant que, tant qu'il se laisserait aller à son goût pour les objets de luxe mais continuerait de les déformer suffisamment pour les empêcher de fonctionner, il ne serait pas corrompu par son succès. Le soir où il l'a battue, il avait commencé par rentrer tard, juste après le coucher des enfants. C'était elle qui faisait alors presque tout le travail sur les machines à écrire, et elle ne savait pas où il allait, dans la journée. Il était arrivé avec un exemplaire de *Mein Kampf* à la main. Quand elle s'est plainte d'être fatiguée et lui a dit qu'ils devraient se faire livrer une pizza ou du chinois pour le dîner, il lui a jeté le livre à la tête en disant qu'elle ne pouvait nier qu'Hitler avait de la classe. Puis il lui a annoncé qu'il avait organisé une réception. Il avait déjà commandé des plats sénégalais dans le Village, et invité tous ceux à qui il avait un jour ou l'autre emprunté de l'argent. Elle a demandé si elle devait se charger du dessert et du café. Il a répondu qu'elle pouvait faire comme bon lui semblait, tant que ce n'était pas banal. Elle a eu l'impression qu'il voulait quelque chose de spécial, mais à l'exception de quelques boîtes de Jell-O à la fraise, elle n'avait rien dans la maison. Elle a préparé la gelée et l'a versée dans le plus grand saladier qu'elle avait. Puis, à la place des morceaux de fruits, elle y a mis des pièces jaunes. Désirait-elle célébrer dignement leur nouvelle opulence ou la commenter sur le ton de l'ironie, je n'en sais rien. Je pencherais pour la première possibilité, car la dérision n'est pas vraiment son fort. Quand elle a apporté le dessert, les invités ont applaudi, mais Abe s'est jeté sur elle, et il a fallu deux peintres pour le retenir de la blesser plus grièvement. J'imagine qu'il n'a pas pu supporter de la voir intervenir avec une plaisanterie à elle.

— Et c'est tout ? C'est juste pour ça qu'elle demande le divorce ?

— Elle dit qu'il la battra encore. Et il commence aussi à être odieux avec les enfants. Tout a changé, dans un sens qui rend impossible un retour en arrière. Elle parle très lentement, d'un ton très monotone, avec une conviction absolue.

— Et lui, qu'est-ce qu'il dit ?

— Rien. Il a disparu.

— Personne ne sait où il est ? Ni la galerie ? Ni leurs amis ?

— Personne.

— Et ça ne l'effraye pas, elle ? C'est une espèce de fou, non ? Il a peut-être eu un accident.

— Elle fait partie de ces gens qui ont une patience extraordinaire, mais jusqu'à un certain point qu'ils ne peuvent dépasser. Elle m'a raconté que pas une seule fois elle ne s'était plainte de ce qu'il faisait, qu'elle ne lui posait aucune question. Et maintenant, on dirait que s'il était mort cela ne lui ferait rien.

— Elle est jolie ? »

Il ne répondit pas tout de suite. Puis il dit : « Je ne sais pas vraiment. Je regarderai la prochaine fois.

— Tu ne regardes pas les femmes ? » demanda-t-elle malicieusement.

Il garda le silence, et elle n'insista pas. Elle sentit un certaine distance s'installer entre eux, un simple instant de tension. Elle y réfléchit, retourna la chose dans sa tête, comme elle aurait pu retourner un objet dans ses mains, essayant de comprendre pourquoi elle avait posé cette question, néfaste, elle le savait. Pourquoi interrompre le plaisant ennui de la route ? Le ciel était tout à fait clair, maintenant, un bleu délavé, doux, et les rares maisons que l'on apercevait en chemin semblaient fraîchement repeintes, prospères, éternelles ; et Sophie se rappela cette grande mer grise de fange qu'ils avaient traversée environ une heure auparavant.

« À quoi penses-tu ? demanda-t-elle à Otto.

— Oh, encore à mon père. Quand il était là, nous faisions tous attention à ce que nous disions. Tu ne l'aurais pas aimé. Les gens pouvaient parler de ce qu'ils voulaient, il s'en fichait, tant qu'ils ne faisaient pas de digressions. Et il fallait venir à bout de chaque sujet avant d'en attaquer un autre. Les pensées devaient se succéder dans un ordre donné, comme des wagons sur des rails. Il était impossible, en décrivant un été à Paris, d'évoquer Istanbul.

— Et sinon, que se passait-il ?

— Les jointures de ses doigts, qui étaient noueuses, devenaient toutes blanches. Changer de sujet, à moins qu'il en ait décidé ainsi, offensait une certaine idée qu'il se faisait de la marche des choses. Ça le mettait en rage. De même que si tu étais chimiste, tu ne pouvais pas parler de musique atonale. Tu pouvais dire que tu aimais ça. Mais sans porter de jugement.

— Tu as raison. Je n'aurais pas apprécié.

— Voilà notre sortie. »

Le village de Flynders, dont ils n'étaient maintenant plus qu'à trois kilomètres, était habité en hiver par moins de cent familles, dont les revenus, pour la plupart, dépendaient entièrement des estivants. En pleine saison, juillet et août, la population dépassait les deux mille habitants, et l'été précédent, ce nombre avait été augmenté par un groupe de publicitaires new-yorkais qui avaient acheté un ancien domaine, rasé la demeure de trente-deux pièces et ses dépendances, divisé le terrain en lots et commencé à construire un ensemble de maisons supposé un jour ressembler à un hameau de la campagne française. Quand ils passèrent devant, ils virent le petit panneau cloué à un orme qui annonçait son nom : BUDDING GROVE, le bois fleuri. Sophie aperçut un cheval gris ensellé qui se tenait au milieu des constructions en cours.

« Voici l'architecte », dit-elle.

Flynders ne donnait ni sur l'océan ni sur la baie, aussi les vieilles fermes encore libres étaient-elles moins chères à louer que celles des Hamptons, plus loin sur l'île. Il n'y avait pas de banque ; un seul antiquaire, homosexuel, vieux et morose, qui passait ses hivers en Sicile ; une épicerie IGA ; trois stations d'essence ; un bureau de poste sous un grand appentis qui abritait aussi une laverie automatique ; un bazar (quincaillerie, papeterie, chaussures de tennis en grandes tailles) ; deux cabines téléphoniques et un restaurant étroit et sombre qui restait ouvert tout au long de l'année. Les plus anciens des estivants, c'était devenu un rituel, s'y arrêtaient toujours pour s'assurer que le chef-d'œuvre exposé de façon permanente à sa fenêtre – une tarte aux pommes en plastique sur le dessus de laquelle se flétrissait un peu plus chaque année une boule de polystyrène jaune – n'en avait pas été enlevé.

Flynders avait été autrefois une ville, un centre où les fermiers se retrouvaient. Les terres, pour la plupart abandonnées et incultes, étaient redevenues des marais, servant à une époque d'étape à des myriades de migrateurs. Chaque maison de vacances possédait encore dans un placard, un panier ou une bibliothèque, un exemplaire usé du *Guide champêtre des oiseaux*, de Roger Tory Peterson. Puis les villageois avaient appelé la brigade antimoustiques. Il n'y avait presque plus d'oiseaux, le sumac vénéneux et la vigne vierge prospéraient désormais dans ce terrain acide. La rouille des ormes avait détruit ceux de ces arbres qui avaient résisté aux fréquentes sécheresses. Mais trois hêtres rouges survivaient au centre du village, noirs sous le soleil de midi, pourpres dans le crépuscule. Même les villageois y tenaient, quoique de façon peut-être moins passionnée que les estivants. Il restait un manoir inoccupé qui n'avait pas été vendu. Il s'élevait sur une petite hauteur, laid et menaçant, tertre funéraire érigé puis oublié par quelque millionnaire des années vingt, et laissé là pour témoigner du pouvoir de l'argent à créer une laideur permanente et hostile.

Les quelques jeunes gens qui vivaient à Flynders parcouraient chaque jour de longues distances pour aller travailler dans des villes lointaines. Ils habitaient des maisons qu'ils avaient achetées, à côté de l'autoroute, boîtes vertes, bleues ou roses, empilements de pièces au-dessus d'un double garage, avec des stores vénitiens aux fenêtres. Un agent immobilier de Riverhead s'occupait des locations et des ventes de Flynders.

La petite ferme victorienne des Bentwood, qui s'élevait, dégagée, au milieu d'une prairie, était située à un kilomètre et demi au nord du village. Otto l'avait entourée d'une barrière basse, non qu'ils eussent de proches voisins, mais parce que son sens de l'ordre l'avait obligé à établir une distinction entre ce qui appartenait directement à la maison, et ce qui était aux champs. De leur perron, ils voyaient la grange qu'il avait achetée, deux prés plus loin à l'est. La petite barrière avait exaspéré Sophie, qui avait commencé, l'avant-dernier été, à planter des fleurs à l'extérieur de son enceinte. Elle était bonne jardinière, mais sans plus. Elle manquait de la patience nécessaire à l'organisation d'un paysage. Quand une plante ne passait pas l'été, elle s'en désintéressait et n'essayait pas d'en replanter de semblables.

Otto s'engagea dans leur chemin. La boîte à lettres était posée de travers sur son piquet de bois. Devant eux se dressait la maison, les volets fermés et un fauteuil d'osier, qu'ils avaient oublié de rentrer, posé les pieds en l'air sur le perron. Le sol était bosselé, dénudé, gris. L'été, un homme du pays venait couper l'herbe et la revendait ensuite à un élevage de Southampton. Dans l'un des érables du jardin, eux aussi dénudés, un nid en forme d'essaim pendait comme un paquet d'herbes. Ils remontèrent l'allée de briques, et Sophie aperçut du coin de l'œil une paire de gants de coton vert à moitié enterrés dans le sol durci près de l'endroit où poussait la monarde écarlate.

« J'ai oublié le déjeuner », dit Otto en lui tendant la clé de la porte de derrière. Elle regarda d'abord par la fenêtre de la cuisine. Un rayon de soleil se posait sur le sol, effleurant les montants d'érable du fauteuil à bascule. Elle se sentit envahie par une vague de pur bonheur.

Le froid qu'il faisait à l'intérieur, l'atmosphère glacée d'une maison qui a été vide pendant des mois, avait une étrange douceur, quelque chose de légèrement anesthésiant. Sophie s'avança lentement vers la paillasse, ressentit du plaisir à revoir le jeu d'accessoires de cuisine, qui étaient pour la plupart les répliques de ceux qu'elle avait à Brooklyn. Elle prit dans sa main une boîte ronde en étain et la secoua pour entendre le tintement des moules à découper les biscuits, puis se rappela soudain le visage d'un de leurs amis d'été, un peintre qui leur avait souvent rendu visite en août. Elle se souvint qu'il avait examiné un par un ces gadgets, les tenant tout près de son visage, parcourant leurs formes de ses doigts et comment, en arrivant, il s'était lavé les mains à l'évier de la cuisine avec le savon jaune. Il lui avait beaucoup plu, elle aimait son visage, beau et substantiel, sa peau qui avait lui sous l'eau du robinet, la façon dont il avait tripoté ces objets, avec la curiosité simple et naturelle d'un enfant ou d'un animal particulièrement vif. Il avait, se souvint-elle encore avoir pensé, une certaine forme de narcissisme, celle qui vient de la pauvreté, peut-être, du fait de ne rien avoir d'autre à aimer que soi-même. Il était très pauvre, sauf en ex-femmes, il en avait plusieurs, et il avait aussi de nombreuses théories sur la manière d'organiser sa vie qu'il décrivait avec la ferveur calme de celui qui a reçu ses vérités du soleil. Il ne buvait pas, ne fumait pas – prenait un peu de peyotl de temps en temps – et quand il s'asseyait devant un des dîners de Sophie, il grognait d'horreur feinte devant la débauche à laquelle il allait se livrer. Il ne faisait pratiquement plus jamais la cuisine, disait-il, et avait presque réussi à renoncer à la viande et au poisson. Alors elle lui avait répondu d'un ton affecté qu'elle aurait bien voulu s'arrêter de fumer, mais supposait qu'elle manquait trop de caractère pour y arriver, et elle avait été choquée par le ton moqueur avec lequel il l'avait parodiée, et ri en chantonnant d'une voix aiguë et prétentieuse : « Je manque trop de caractère, je manque trop de caractère. » Quand, à l'automne, elle avait renoncé aux cigarettes, elle lui avait envoyé un mot – il était allé passer l'hiver dans quelque grange du Vermont – pour lui dire qu'elle avait fait des progrès, mais il n'avait jamais répondu. Si elle repensait à lui, maintenant, c'était, elle le comprit soudain, parce que son regard était tombé sur ce qui restait de l'objet qu'il avait préféré, une petite bouteille en forme de grappe qui avait contenu du vinaigre de vin et qui gisait maintenant, brisée sur la paillasse, dont le bois était taché tout autour, imprégné de liquide. Elle fronça les sourcils, et se retourna aussitôt. La porte de la réserve était ouverte, et il y avait, jonchant le sol, un paquet de gros sel, des boîtes de conserve, et un balai à la paille arrachée.

Elle laissa tomber son sac et son livre sur le fauteuil à bascule et traversa le salon en courant jusqu'à la porte d'entrée, qu'elle déverrouilla et ouvrit juste au moment où Otto mettait le pied sur la première marche du perron.

« Quelqu'un est entré dans la maison. »

Il posa par terre le panier en osier. « Quoi, ici ? » Et tandis que l'étonnement faisait place à la colère impuissante, il répéta : « Ici », sans emphase ni surprise, comme s'il avait appris tout ce qu'il avait besoin de savoir en une demi-minute.

Celui qui avait fait ça, quel qu'il fût, était passé par la chambre du rez-de-chaussée. La fenêtre était brisée, le volet arraché de ses gonds. Du matelas en mousse qu'on avait tiré par terre, dépassait encore la poignée d'un couteau à découper français. Le cannage des chaises de la salle à manger était lacéré, les coquillages réduits en poussière sur le sol, les lampes cassées, le tissu à motifs cachemire du divan réduit en lanières, les coussins éventrés, et sur chaque tableau, sur chaque photographie, un X géant était barbouillé à la peinture d'extérieur. À l'étage, dans la salle de bains, un oiseau-chat se décomposait au fond de la baignoire, et sur le sol s'amalgamaient du talc, de l'aspirine, du désinfectant et du bain de bouche. Les vêtements avait été sortis des placards et sauvagement découpés aux ciseaux. Les livres avaient été déchirés en deux. Dans la salle à manger, Sophie trouva sous la table une bouteille de bourbon vide.

Bientôt, ils arrêtèrent de s'exclamer ; ils ramassaient les choses, les regardaient et les laissaient retomber sans un mot. Otto tendit le dos d'un livre piétiné pour que Sophie le voie ; elle lui montra un éclat du broc en porcelaine de Bennington. Il commença à redresser les meubles, à balayer le verre cassé avec le fond cartonné d'un tableau. Sophie empila les boîtes de soupe dans la réserve et apporta le manche et la tête du balai dans le salon. Autant les brûler. Ils se retrouvèrent devant la cheminée où, en plein milieu d'un tas de romans policiers et de magazines, un monticule d'excréments secs trônait comme un crapaud pourri.

« Ils devaient être plusieurs, dit Sophie.

— Un bataillon, répondit Otto. Sortons d'ici.

— On ne peut pas laisser ça…

— Non, non… allons chercher Mr Haynes. Ce salaud. Il était certainement au courant. »

Ils ne prirent pas la peine de refermer à clé.

Haynes vivait à quelques kilomètres de chez eux. C'était le gardien de Flynders. Après avoir été producteur de pommes de terre et fait faillite en 1953, comme Flynders semblait alors se réveiller d'un sommeil de trente ans et du déclin insensible qui l'avait réduite à un village, et qu'elle se transformait en station estivale, Haynes louait ses services aux New-Yorkais. Il ouvrait leurs maisons fin mai, pour la fête de Memorial Day, les refermait en septembre, et allumait parfois l'eau et le chauffage lors de vacances d'hiver. Il jouait aussi le rôle d'entrepreneur officieux, faisant exécuter par d'autres les divers petits travaux qui pouvaient se présenter.

La propriété des Haynes semblait sortir d'une centrifugeuse. La maison, conglomérat de matériaux variés proche de la tanière de gnomes, se détachait carrément du sol à son extrémité nord-est et bien qu'on puisse, en se penchant, voir les poutres et les lattes calées sous le plancher, elle donnait une impression puissante d'effondrement imminent.

Trois véhicules, à des stades de détérioration plus ou moins avancés, posés sur trois roues, sur deux, sur aucune, étaient vaguement alignés en direction d'un appentis, comme terrassés juste avant d'atteindre leur but. Seul le camion Ford paraissait encore capable de rouler. Des pneus s'appuyaient sur toutes les surfaces libres. Des boîtes de conserve, des outils, des seaux, des morceaux de tuyau, des grils rouillés et des meubles de jardin jonchaient le devant de la maison, comme si des singes y avaient joué, s'arrachant chaque objet des mains avant de le laisser tomber à terre, oubliant à chaque seconde ce qu'ils avaient l'intention de faire à l'instant précédent. Une corde à linge où pendait quelques chiffons informes était tendue sous le porche. Une bicyclette au guidon tordu avait glissé par terre contre les marches. Et de la fumée noire se déversait de la petit cheminée, comme si, à l'intérieur, les habitants avaient été en train de vite brûler les déchets encore plus repoussants qui menaçaient de les submerger.

Quand les Bentwood descendirent de voiture, une chienne énorme, et comme désarticulée, jaillit vers eux de derrière la maison, se coucha à leurs pieds et roula sur le dos en agitant ses pattes molles. Tandis qu'Otto faisait un pas de côté en murmurant : « Oh, mon Dieu ! », elle jappa joyeusement et bondit sur ses pieds. En haut du perron, la porte s'ouvrit, et l'étroit visage mal rasé de Mr Haynes apparut dans l'entrebâillement.

« Fiche le camp, Mamba ! cria-t-il à la chienne. Ça alors ! Bonjour m'sieur Bentwood, bonjour madame… Qu'est-ce que des gens comme vous viennent faire au fond des bois à cette période de l'année ? Ne me dites pas que l'été est revenu par ici sans que je m'en aperçoive !

— Bonjour, monsieur Haynes », répondit Otto, glacial.

Tandis qu'ils s'avançaient, mal à l'aise, sur les planches branlantes du porche, Mr Haynes sortit un petit peu plus la tête et fronça les sourcils. « Ne laissez pas cette chienne entrer, dit-il. Elle est en chaleur. Et trop grosse, pour la maison. Allez coucher, Mamba. Avec le manteau qu'elle a, l'humidité ne la dérange pas. »

Il ouvrit la porte pour les faire entrer. « Encore un cadeau de vous autres estivants, dit-il avec un sourire de loup. On l'a trouvée sur la plage du côté de la baie, en train de jouer avec une mouette morte. Vous et vos animaux ! Seigneur ! Si je gardais tous ceux que vous abandonnez, je pourrais ouvrir un zoo. »

Ni Sophie ni Otto n'avait jamais mis les pieds chez les Haynes. La première chose qu'ils virent, accrochés au mur près de la porte, fut un énorme anneau plein de clés avec, punaisée en face de lui, une longue liste de noms et de numéros de téléphone sur un morceau de papier jaune.

Il y avait, dans l'entrée sombre et humide où ils s'arrêtèrent, un nombre extraordinaire de petites bibliothèques empilées les unes sur les autres, comme dans un entrepôt. Quels que fussent les revenus de Mr Haynes, de toute évidence, il les complétait en ramassant ce dont les estivants voulaient se débarrasser.

« Jolie petite entrée, dit-il, mais allons dans la cuisine. C'est là que nous nous tenons quand il fait froid. Il y fait bon, c'est plus convivial, et nous autres, gens de la campagne, c'est la pièce que nous aimons le plus. »

Assis autour de la table comme des sacs de grains effondrés, il y avait Mrs Haynes et les trois enfants Haynes, deux grands adolescents et une fille un peu plus jeune. Elle était immensément grosse. Sous sa tignasse de cheveux blond brûlé, la tête baissée, elle regardait un exemplaire du magazine *Life*, la bouche ouverte.

« Voici Duane et Warren, s'exclama Mr Haynes d'un ton allègre. Je crois bien que vous les avez vus une fois, quand nous sommes venus arranger votre porche. Et ça, c'est Connie, notre starlette. Et vous connaissez Mrs Haynes, bien sûr. C'est les Bentwood, Toddy, au cas où tu ne te souviendrais pas. Ceux qui ont acheté la ferme du vieux Kingler.

— Asseyez-vous, dit Mrs Haynes avec sévérité. Restez pas debout comme ça. Nous sommes contents de vous voir. »

Comme il n'y avait pas d'autres chaises, Sophie et Otto restèrent sur le pas de la porte, jusqu'à ce que, un instant plus tard, submergés par l'odeur du chien mêlée à celles de la viande rôtie, des cheveux et des peaux, des cigarettes et du feu de bois, ils reculent dans l'entrée. Mr Haynes, attribuant peut-être leur retraite à de la simple délicatesse, leur lança : « Ne soyez pas timides, les amis ! Nous n'avons rien à vous cacher ! », et, les prenant tous les deux par le bras, il les repoussa de force dans la cuisine. Personne, pendant qu'il parlait, n'avait bougé d'un pouce. Puis, sur un signe de son père, Duane se leva et s'étira, se glissa derrière Otto et Sophie, et revint en portant deux chaises droites. Il attendit avec une patience insultante qu'ils s'écartent pour reposer bruyamment les deux sièges sur le sol.

Devant l'atmosphère étouffante de cette scène intime, les Bentwood oublièrent momentanément la violence qui leur avait été faite. La chaleur produite par l'énorme poêle noir sur le devant duquel était écrit *Iron Duke*, aurait même pu élever la température de la cour. Des restes d'un déjeuner du dimanche jonchaient la toile cirée. Les deux garçons fumaient, et continuèrent à le faire pendant tout le temps que Sophie et Otto restèrent là, comme si cela avait été à celui des deux qui prendrait la dernière Pall Mall du paquet posé sur la table près d'une assiette de cornichons.

Connie annonça : « Je vais regarder la télé.

— Tu attendras que nous ayons fini de parler avec les Bentwood », dit Mr Haynes, en lui faisant les gros yeux, puis il adressa un large sourire à Otto, comme si le désir énoncé sur un ton boudeur de sa fille était l'exemple même de son charme. Mais Connie ne tint aucun compte de son père. Elle tendit le bras devant sa mère vers le poste posé dans un amas de linge sale sur une machine à laver qui semblait neuve. Mrs Haynes lui donna une tape.

« Ils n'obéissent jamais, dit Mrs Haynes, d'un ton suffisant. Tous les mêmes, dans cette nouvelle génération…

— Voyons, Toddy, on était exactement pareils, intervint Mr Haynes en jetant un regard entendu à Sophie. Et on sait ce qu'ils veulent, parce que nous aussi on a été jeunes. Pas vrai ?

— Quelqu'un est entré chez nous et a tout saccagé », annonça Otto d'une voix forte.

Duane et Warren se redressèrent et regardèrent les Bentwood avec un intérêt réel, comme s'ils voyaient enfin une raison à leur existence. Même Connie arrêta de faire la moue et fixa sur eux ses yeux légèrement exorbités. La bouche de Mr Haynes se tordit, son nez rougit.

« Ça par exemple ! dit Mrs Haynes.

— Non ! Tu te rends compte ! cria son mari. J'arrive à peine à y croire. Rien de ce genre n'est jamais arrivé, par ici Ce n'est pas comme sur la côte, où traîne toute cette racaille venue de la ville. Mais ici… Tom est censé faire une ronde toutes les semaines dans les résidences d'été. Hein, Toddy ? Vous savez, Tom, l'agent de police, vous le connaissez, non, m'sieur Bentwood ? Nous l'avons vu, pas plus tard que la semaine dernière, et il a justement parlé du calme qu'on a ici, il disait que chaque fois qu'il venait à Flynders ça lui faisait du bien. Pas de crime, par ici. Pas vrai, les gars ? Vous avez entendu, oui, j'ai dit : "Pas vrai, les gars ?" »

Duane ricana, écrasa sa cigarette dans une assiette et en reprit immédiatement une autre. « Oui, papa, dit Warren.

— Je vais appeler Tom, dit Haynes. Il est de congé, aujourd'hui. Mais il peut bien se bouger le cul. Nous allons nous occuper de tout ça.

— Est-ce qu'ils vous ont volé des choses de valeur ? demanda Mrs Haynes en regardant fixement Sophie.

— On dirait qu'il ne manque rien, répondit-elle. Ils ont juste détruit tout ce qu'il y avait là.

— C'est peut-être des mômes, vous savez, suggéra Mr Haynes d'une voix désolée, des gamins qui avaient trop bu. Vous autres estivants, vous laissez vos maisons pleines d'alcool, vous savez. C'est vraiment trop, pour ces fichus gamins. Vous, vous allez et venez. Mais eux, ils doivent rester. Si vous voyez ce que je veux dire. Pas vrai, les gars ? » Il sourit et se pencha en avant, une main sur chaque genou, avec un sourire sous lequel la férocité luisait, comme une pierre au fond de l'eau. Mrs Haynes détacha d'un air absent un morceau de la viande rôtie qui avait refroidi dans son gras, et le fourra dans sa bouche. Connie retourna à son magazine.

« Allons, les amis, allons voir l'étendue des dégâts, dit Haynes. Warren, quand vas-tu enfin emmener cette foutue Caddie à la casse ? Avec cette saloperie en plein milieu, je ne peux même plus sortir la Chevy de l'appentis.

— T'as qu'à faire le tour, comme tu l'as toujours fait, aboya Warren. Il y a encore des tas de choses à récupérer sur ce break. Tu as dit toi-même ce matin qu'il y avait des tas de trucs qui pouvaient servir. »

Mr Haynes haussa les épaules d'un geste impuissant. « Ils ne font rien de ce que leur père leur dit, lança-t-il à Otto. Aucun respect. » Et il sourit.

« Nous vous raccompagnerons, proposa Otto. Le plus tôt sera le mieux.

— Laissez-moi appeler Tom », dit Haynes. Il se leva et décrocha du mur un blouson de cuir. « Je ne suis pas encore sorti, aujourd'hui. Mais il n'a pas l'air de faire froid. Si ? »

Otto secoua la tête, puis il dit : « Non », d'une voix étouffée. Haynes quitta la pièce. Mrs Haynes contemplait la vaisselle sale. Duane se mit à taper sur un verre avec une cuillère.

« Arrête ce bruit ! » cria Mrs Haynes, exaspérée. Il lui lança un regard furieux et alla à la porte de derrière, jura parce que le loquet se coinçait, puis l'ouvrit de toutes ses forces et la claqua derrière lui.

« Nous allons attendre dans la voiture », dit Otto à Mrs Haynes. Elle hocha la tête avec indifférence, puis poussa un énorme soupir. « Aide-moi à débarrasser, Connie », dit-elle. Connie secoua la tête, mais sa mère la força à se lever. En jetant un coup d'œil derrière elle, Sophie vit la mère et la fille qui enlevaient péniblement les assiettes sales de la table.

« Tom sera chez vous dans une demi-heure », annonça Mr Haynes en essayant de se dégager de l'étreinte passionnée de Mamba avant de monter à l'arrière de la Mercedes. Il s'excusa longuement, d'abord de la chienne qu'il repoussa à terre, puis de ses bottes sales. Il semblait suggérer que les Bentwood auraient en fait préféré le voir courir derrière la voiture. Otto coupa court en énumérant les dégâts qui avaient été commis chez lui. Quand ils s'arrêtèrent dans leur jardin, Sophie ressentit une intense répugnance à rentrer dans la maison, mais une fois à l'intérieur, elle éprouva plutôt une sorte de lassitude.

Tom, l'agent de police, arriva une demi-heure plus tard, comme il l'avait promis. Il était en civil, soigné, les cheveux lisses, rasé de près, le visage neutre, la voix impersonnelle.

« Ça pourrait être n'importe qui, dit-il après avoir fait le tour de la maison. On a vu pas mal de trucs dans ce genre, ces dernières années. Des mômes, en général. Souvent, ils ne prennent rien, quelquefois une radio, quelque chose de petit qu'ils peuvent transporter. Vous aviez un poste ? Non ?

Et vous n'avez rien trouvé qui ait disparu ? Bof, je vois pas très bien ce qu'ils pourraient faire de ce qu'il y a ici. » Il tendit la main vers le salon comme si, selon sa propre estimation des dégâts, rien de tout cela ne pouvait avoir beaucoup de valeur.

« Ils se déchaînent, en ce moment, dit-il. On a des tas de drogués sur les bras, et des hippies de New York qui se terrent ici pendant l'hiver. Il y a un couple, vous n'allez pas le croire, qui a vécu dans une vieille grange chez des gens pendant deux mois avant qu'on arrive à les repérer. Ils ne sont pas aussi bêtes qu'ils en ont l'air, vous savez. Ces deux-là connaissaient nos horaires et quand on faisait notre ronde, il n'y avait pas le moindre signe de vie.

— Non ! s'exclama Mr Haynes. Tu veux dire un garçon et une fille ?

— Exactement, dit Tom. On ne les aurait peut-être jamais attrapés s'ils n'avaient pas adopté un chien perdu qui s'est mis à hurler quand on s'est garés à côté de la grange. » Puis il dégagea la police de toute responsabilité en disant qu'il était passé chez eux la semaine précédente. « Tout avait l'air en ordre, dit-il. Il n'y avait pas de carreau cassé, ni rien de ce genre. » Sophie pensa à l'oiseau-chat. Il était mort depuis longtemps, et de toute façon il ne serait pas venu voler autour de la maison au plein cœur de l'hiver. Elle lança un coup d'œil au visage impassible de Tom. Peut-être ne savait-il même pas qu'il mentait ; peut-être ne reconnaissait-il un mensonge que lorsqu'on le réfutait.

« Mais il y a un oiseau mort, dans la baignoire, dit-elle d'une voix étouffée, incertaine, et il est mort depuis longtemps. »

Tom se tourna vers Sophie et la contempla en silence, plongeant son regard dans le sien sans un clignement de paupière. Puis il répéta d'un ton neutre : « Nous sommes passés la semaine dernière.

— Je vais aller mesurer ce carreau, dit Mr Haynes, et je viendrai le changer demain, à la première heure. J'ai un bout de verre dans l'appentis, je crois bien que ça ira. » Il sortit un mètre souple de sa poche. « Regardez ça, s'exclama-t-il joyeusement ! Et je n'étais même pas sûr qu'il était là !

— Qu'est-ce qu'il faut faire ? demanda Otto. Mettre des barreaux aux fenêtres ?

— Je ne pense pas qu'ils recommencent, dit Tom en tournant le dos à Sophie. Ça y est, maintenant ils se sont occupés de vous. Je suis désolé que ce soit arrivé. Mais au moins ils ne vous ont pas mis le feu. Nous avons eu deux incendies, à Mascuit.

— La maison a brûlé ? » cria Haynes depuis la chambre. Tout en essayant de faire rentrer le mètre dans son boîtier, il revint dans le salon. « Ce foutu machin m'a l'air coincé, murmura-t-il.

— Oui, les deux maisons ont entièrement brûlé. Un des propriétaires est en Europe et on ne peut même pas le contacter. » Sophie pensa, ou imagina, avoir entendu une légère note de satisfaction dans la voix de Tom. C'était difficile à dire ; il ne donnait pas à voir grand-chose de plus que la surface de son corps. Dieu seul savait ce qui se promenait là-dedans.

Tom redémarra dans un bruit de moteur agressif, puis Otto et Haynes repartirent dans la Mercedes.

Sophie mangea la moitié d'un sandwich au jambon et un œuf dur dans la cuisine, où les dégâts étaient moindres que dans les autres pièces.

Plus tard, tandis qu'elle emplissait des sacs en papier de débris, elle retrouva son calme. Tout en s'affairant, elle aperçut les prairies par la fenêtre. Des rayons de soleil s'infiltraient dans les fentes terreuses d'un vieux mur effondré. Elle ramassa l'oiseau mort dans une serviette en papier et fit ce qu'elle put pour le plancher de la salle de bains. Il n'y avait pas d'eau pour le récurer. Puis elle trouva une pelle dans la petite cave et s'en servit pour sortir le tas d'excréments et le jeter le plus loin possible, derrière la maison.

Quand Otto revint, elle lui dit que rien n'avait disparu, à l'exception de la lampe torche qu'elle gardait dans leur chambre. Et elle était certaine qu'à la fin de l'été il restait très peu de bourbon dans la bouteille qu'ils avaient retrouvée sous la table. Il s'était mis devant la fenêtre de la cuisine et regardait dehors.

« Ce qui me manquera le plus, quand je serai mort, dit-il, c'est cette lumière du crépuscule.

— Ils auraient pu incendier la maison, Otto, dit-elle. Ça aurait pu être bien pire.

— Je vais sortir l'oiseau et la merde, proposa-t-il.

— Je m'en suis occupée.

— C'est comme tirer la chasse quand le *Titanic* coule, répondit-il.

— Nous n'avons pas sombré, dit-elle. Juste été un peu secoués.

— Je voudrais qu'on m'explique comment vivre », dit-il en lui lançant un regard. Cette question indirecte lui fit un effet désagréable, et elle détourna très vite la tête pour lui cacher son visage. Elle sentit l'injustice de sa réaction – qu'importait que ses paroles fussent puériles ? L'appel qu'elles exprimaient ne l'était pas. Mais elle, elle était incapable de dire à quiconque comment vivre ! Peut-être aurait-ce été mieux s'il ne l'avait pas regardée – s'il avait crié, s'oubliant, oubliant comment pouvait résonner ce qu'il disait, s'il avait hurlé : « Je ne sais pas comment vivre ! »

« Personne ne peut te le dire, répondit-elle platement.

— Peut-être devrions-nous déménager.

— Où ?

— Je ne peux même pas partir. Je ne peux pas, à mon âge, ouvrir un nouveau cabinet à Chicago, ou ailleurs.

— Je n'aime pas Chicago.

— Et Halifax ?

— Ce ne sont que des objets, Otto…

— Il n'y a nulle part pour ce que je ressens.

— Écoute, Otto. Ce n'étaient vraiment que des objets.

— Mais tu ne vois pas cette sauvagerie ? Et ce vide… Je veux bien qu'on me tire dessus dans une révolution ou qu'on brûle ma maison… »

Elle éclata de rire. « Tu veux bien qu'on te tire dessus ! s'exclama-t-elle.

— Cela aurait un but, s'entêta-t-il en attrapant ce qu'il restait d'un croquis de la maison que quelqu'un avait dessiné pour eux un été et en le brandissant vers elle. Mais ça, ça n'a pas de sens. Ça n'a pas été fait pour défendre une idée. C'est primaire, vide de…

— Peut-être est-ce un langage que tu ne parles pas…

— Tu défends ces porcs qui chient dans ta cheminée ? demanda-t-il furieux.

— Oh, Otto, dit-elle en appuyant sa tête sur son bras.

— Je me demande si ces crétins de Haynes ont quelque chose à voir avec ça. Ils nous haïssent tellement ! Tu as vu comme nos problèmes leurs faisaient plaisir ? Tout dans cette cuisine était exactement comme ils le voulaient, Connie, la télévision sur le lave-linge, Duane à califourchon sur sa chaise, et ce calendrier datant de 1953 – tout me répétait la même chose. Tout me disait : "Meurs." »

Elle alla dans le salon et regarda les murs nus. Il n'y avait plus aucune de toutes ces jolies choses auxquelles elle tenait, ces objets qu'elle avait trouvés chez des brocanteurs ou ramassés par terre, ou achetés dans des boutiques d'antiquaires. Otto s'occupait des voitures et des polices d'assurance, des questions immobilières et des réservations d'hôtel, de tout cela. Il n'était pas collectionneur.

« Je suppose que notre assurance couvre ça, lui lança-t-elle à son tour.

— Donne-moi un type de dommages qui corresponde, répondit-il plein d'amertume en s'avançant sur le pas de la porte de la cuisine le croquis à la main… Comment appelle-t-on ça ?

— Oh, Seigneur ! soupira-t-elle. Ça s'appelle du vandalisme, voilà comme ça s'appelle… »

Ils retraversèrent le village sans un mot pour ce décor familier ; les hêtres rouges semblaient morts, comme un fond de scène de théâtre, posés là pour donner de la valeur au paysage. Otto, qui d'habitude préférait faire marcher les affaires d'une des stations de Flynders, attendit d'être sur l'autoroute pour prendre de l'essence.

Rouler lui fit l'effet d'une drogue. La voiture montait et descendait les pentes comme un jouet mécanique au bout d'une tige métallique. On était entre chien et loup ; soudain, les lumières s'allumèrent. Puis, petit à petit, dans le vide de ses pensées, le souvenir remonta. Elle s'était déjà sentie comme ça une fois, l'année qui avait suivi le retour de Francis à Locust Valley. Alors, comme à présent, une fatigue débilitante s'était emparée d'elle. Elle avait souffert de fièvres, légères mais persistantes. Noel lui avait fait des tas de piqûres de vitamine B-12 et il lui avait froidement suggéré de consulter un de ses collègues psychiatres. Elle avait refusé, sortant juste assez de son hébétement pour lui répondre que penser à elle-même était justement ce qu'elle ne pouvait plus supporter. Amaigrie, hagarde, elle était devenue totalement inactive, indifférente. Elle se redressa brusquement, se cogna au passage le bras contre la portière. Elle ne voulait pas de ce vide…

« Qu'y a-t-il ? lui demanda Otto.

— Rien. »

Il continua à lui parler, mais elle ne comprenait pas ce qu'il disait. Il tourna la tête vers elle. « Je disais, peut-être devrions-nous repenser à adopter un enfant. Tu as entendu ?

— Très bien.

— Très bien ! C'est tout ce que tu en penses ?

— Tu n'as pas le droit de me demander ça. J'ai épuisé toute possibilité de réaction à ce sujet il y a longtemps. Quand j'ai voulu le faire, on aurait dit que je t'avais demandé de me trouver une moissonneuse-batteuse.

— Eh bien, j'ai changé d'avis.

— Je ne crois pas que tu sois sérieux. Sinon…

— Sinon quoi ?

— Je ne sais pas…

— Prends-moi la main ! » demanda-t-il soudain d'un ton impérieux, et il tendit le bras vers elle. Elle hésita, puis fit passer sa main droite devant elle et saisit la sienne. Il la tint un instant.

« Est-ce que la morsure te gêne encore ? Je croyais que ça allait.

— C'est toujours sensible.

— Tu as pris tes antibiotiques ?

— Avec tout ça, j'ai oublié.

— En tout cas, c'est fini.

— Pas encore. Quand est-ce qu'ils vont tuer le chat ? »

Ils retraversaient le Queens, mais dans l'obscurité trouée de lumières faibles, ce n'était plus qu'une série de routes.

« Après l'avoir examiné, dit-il.

— Ils ne le gardent pas – enfin, je sais bien qu'ils vont d'abord faire les examens, Otto. Mais ce que je voudrais savoir, c'est s'ils ne le gardent pas une semaine, ou un jour ou deux, au cas où quelqu'un voudrait le prendre.

— Cette vieille brute ? Qui en voudrait ?

— Est-ce que tu peux rester à la maison demain jusqu'à midi ?

— Pourquoi persistes-tu à croire qu'ils vont t'appeler ?

— Il y a toujours une chance pour qu'ils le fassent.

— Bon, d'accord ! explosa-t-il, furieux. Dans ce cas tu auras tes piqûres, quatorze exactement, et elles feront mal et peut-être même qu'elles ne serviront à rien ! »

Elle se sentit incroyablement ragaillardie par cet éclat de colère.

« Tu ne comprends pas, dit-elle, presque reconnaissante. C'est ce qu'il y a derrière tout ça qui m'inquiète.

— Nous venons de passer quelques jours pénibles. Il n'y a rien derrière quoi que ce soit. Qu'est-ce que tu veux, bon Dieu ? Que Charlie m'assassine ? Que la maison de Flynders ait été réduite en cendres ? Que le Noir d'hier soir nous ait tués ? Et qu'une balle soit allée se loger dans le mur de Mike Holstein au lieu de cette pierre qui a atterri sur le sol de sa chambre ? Tu veux vraiment avoir la rage ?

— Mais, un peu plus et tout ce que tu viens de dire aurait pu arriver. Un pas de plus, une minute de plus…

— Seulement ce n'est pas arrivé ! cria-t-il en se mettant à conduire par à-coups, comme s'il en voulait au levier de vitesses. Mon Dieu ! J'ai brûlé le feu !

— Est-ce que tu peux prendre ta matinée ?

— Non, répondit-il sèchement. Surtout pas demain.

— Surtout demain !

— Il faut absolument que j'y sois. Si je me laisse aller,

nous courons au désastre. C'est tout ce que je sais, Sophie », ajouta-t-il, suppliant.

Au bout d'un moment, elle dit : « Ne fais pas attention à ce que je dis.

— Je n'y arrive pas, répondit-il doucement. Je fais attention, je ne peux pas faire autrement. »

Elle prépara leur dîner pendant qu'il consultait leur dossier d'assurance. Après avoir mangé, ils établirent la liste des réparations qu'ils auraient à faire, et ce qu'ils devraient remplacer. « Tous ces lits, dit Otto. Pourquoi est-ce que qu'ils les ont lacérés comme ça ? » Ils seraient obligés de garder Haynes comme gardien. S'ils en embauchaient un autre, Haynes le leur revaudrait.

« J'ai remarqué que tu as hésité avant d'entrer tout à l'heure lorsque nous sommes revenus, dit Otto.

— Je m'étais imaginé quelque chose d'horrible, répondit-elle. Je pensais qu'ils pouvaient aussi être passés ici.

— Pas encore », dit-il.

Ils lurent très tard, assis dans le lit contre les oreillers, en buvant du vin rouge. Comme d'habitude Otto s'endormit le premier.

La maison craquait doucement, monologuait dans le noir. Vers trois heures du matin, un vent d'est dévala la rue, agita sur son passage les branches rigides des jeunes érables. Une petite souris grise sortit de sous le réfrigérateur des Bentwood, traversa la cuisine à toute vitesse jusqu'à la salle à manger, pour aller se blottir sous une armoire où Sophie rangeait le linge de table.

Elle dut entendre quelque chose qui l'effraya, car elle s'enfonça encore plus loin, jusqu'à un endroit où le vieux plancher de cèdre gondolait et dont elle ne pouvait plus ressortir. Le chat gris et blanc observait les fils téléphoniques et les arbres qui se balançaient sous le vent. Il se tenait en équilibre, avec son aisance habituelle, sur le bord étroit d'un coin de palissade. L'homme qui habitait de l'autre côté de la cour des Bentwood se leva, fit quelques pas en vacillant jusqu'à la fenêtre, et se soulagea. Le chat cligna des yeux et leva la tête, attentif au bruit du liquide qui giclait sur le sentier du jardin victorien. L'homme retomba dans son lit. À l'étage suivant, un bébé se réveilla et se mit à pleurer. Il cria longtemps, seul dans l'ombre humide, son ventre et ses fesses se tordaient et se raidissaient sous la seule force de ses pleurs, qui soulevaient et abaissaient son petit torse comme une pompe. Le père se leva, traversa la pièce jusqu'au berceau, et regarda ce qui se passait. Quand ses yeux se furent habitués à l'obscurité, il vit les mouvements verticaux de l'enfant. Il ne fit rien ; il resta les bras ballants, immobile. Son tee-shirt descendait juste en dessous de son nombril, et il avait conscience du vent qui entrait par la fenêtre, là où le plastique s'était arraché aux punaises. L'air lui glaçait le sexe et les cuisses et il tenait ses mains en rond devant lui, faisant comme un petit nid pour son pénis. Il continua d'observer son enfant qui braillait, les mains devant l'entrejambe. Le bébé se réveillait souvent au petit matin, et le père venait souvent le regarder comme ça. Il ne savait pas ce que sa femme faisait, ou pensait, quand c'était elle qui se levait. Cette nuit-là elle n'avait pas bronché. D'un seul coup, les pleurs de l'enfant se turent complètement. Une odeur familière s'éleva au-dessus de son corps maintenant détendu et tranquille. « Tout ça pour une merde ! murmura le père en espagnol. Quel scandale, que cette vie… »

Les pleurs du bébé avaient réveillé Otto. Il garda les yeux ouverts dans le noir, écouta ces cris perçants si semblables à ceux d'un chat. Lorsqu'ils s'arrêtèrent enfin, il était tout à fait réveillé. Il se tourna et vit la masse sombre des cheveux de Sophie sur le drap à côté de lui. Dans son sommeil, elle avait repoussé l'oreiller hors du lit. Il huma ses cheveux. Il sentit une légère trace du parfum qu'elle portait toujours, mélangée à une odeur chimique bien plus forte. Cette énorme bouteille qu'il lui avait offerte avait probablement tourné. Pour son prochain anniversaire, il choisirait plutôt trois petites bouteilles. Il sut, au bruit de sa respiration, qu'elle dormait la bouche ouverte contre le drap. Il toucha ses cheveux. Ils étaient épais, forts, vivants. Le creux de son cou était chaud, légèrement humide là où les cheveux poussaient plus soyeux, plus tendres, d'une certaine façon. Il y nicha sa main, sous la masse lourde ; il avait l'impression d'être tout entier en elle, caché dans le noir. Sophie gémit un peu, mais il n'en tint pas compte. Elle était couchée sur le ventre. Il l'attrapa par l'épaule et la tira jusqu'à ce qu'elle s'effondre contre lui. Il se mit à remonter sa courte chemise de nylon. Elle devait être éveillée, il le savait. Mais il ne voulait pas prononcer son nom. Il ne dirait rien. Cela était déjà arrivé quelquefois, au cours des années, qu'il ne veuille pas parler. Cela ne voulait pas dire qu'il était en colère. Mais parfois, après un film ou une pièce ou le départ d'amis, il ne voulait simplement pas lui parler. C'était un sentiment très profond, une loi de sa propre nature, à laquelle, de temps à autre, il fallait obéir. Il aimait Sophie – il pensait à elle, au genre de femme qu'elle était – et elle faisait tellement partie de sa vie que la période où il avait senti qu'elle voulait le quitter lui avait apporté plus de souffrance qu'il n'aurait jamais pensé concevable de pouvoir en ressentir.

Il appuya sa main, à plat sur sa hanche. Elle ne disait toujours rien. La colère l'envahit, mais il comprit, tout en s'enfermant lui aussi dans son silence têtu, qu'il s'agissait moins de frustration sexuelle que d'une exaspération similaire à celle qu'il éprouvait lorsqu'il devait la prendre par le bras pour qu'elle reste à côté de lui lorsqu'ils marchaient dans la rue tous les deux.

Il resserra son étreinte sur sa hanche et la retourna, et tandis qu'elle retombait sur le dos en dessous de lui, il vit, grâce à un léger rai de lumière qui passait à travers les fentes des volets, les taches sombres de ses yeux clos. Puis, sans cérémonie et avec le plaisir pervers de l'inconfort qu'il leur infligeait à tous deux, il la pénétra. Quand il se retira, après un orgasme d'une intensité à laquelle il ne s'attendait pas, la pensée que son élan soudain n'avait pas grand-chose à voir avec la sensualité lui traversa l'esprit.

Elle remua légèrement, puis se glissa de son côté, remonta ses jambes, poussa son dos contre lui.

« Eh bien…, murmura-t-elle.

— Désolé », chuchota-t-il, puis il fut secoué par un rire irrépressible.

Cette fois, il l'avait eue.

13

Il était six heures du matin. Par la porte ouverte de la cuisine, Sophie sentait les premiers rayons de soleil sur ses pieds nus comme un regard soutenu et vide. Elle se versa une rasade de whisky, puis l'avala cul sec, et entrevit, quand sa tête se rejeta en arrière, la surface cirée des placards, l'éclat des marmites astiquées, une rangée de couteaux Sabatier fixés sur une barre aimantée. Elle reposa le verre au fond de l'évier et vit un trait d'écume grise séchée qui encerclait l'évacuation, comme une trace de limace, résidu, marque des marées nocturnes d'un invisible océan urbain de tuyaux et d'égouts. Elle tourna le robinet, rinça la cuvette en émettant de gros bruits enfantins de dégoût, momentanément amusée par les sons qu'elle produisait. Puis elle se précipita dans la salle à manger, prise d'un désir soudain et intense de mieux sentir le soleil et les manifestations de vie qui apparaissaient derrière les fenêtres de l'autre côté de la cour.

Un livre était ouvert sur la table, un crayon rouge marquait ses pages. Il y avait une tasse à côté de lui, et dans cette tasse, une tranche de citron flétrie. Otto était probablement descendu lire pendant la nuit. Avant ou après l'avoir sautée ?

se demanda-t-elle en se souvenant qu'il l'avait maltraitée mais sans en avoir la sensation.

Cette petite nature morte, qui lui rappelait l'existence d'Otto, la remplissait d'incertitude. Elle venait de le quitter, endormi, à l'étage, après s'être réveillée en un instant d'un sommeil profond et s'être retrouvée debout près du lit, frissonnante, avec l'impression de ne pas y avoir sa place, comme si elle avait passé la nuit chez un amant, pourtant, paradoxalement, ce qu'il avait laissé derrière lui sur la table jetait un doute sur sa présence là-haut. Mais bon, c'était peut-être à cause du whisky. Elle n'avait jamais bu d'alcool à six heures du matin – quelle sale façon de commencer la journée du lundi.

Il avait souligné un passage et elle se pencha sur le livre pour lire. Elle comprit qu'il était question d'émeutes antipapistes puis elle tomba sur cette phrase : « On pendit des kyrielles de garçons de quatorze ans les uns à côté des autres pour défendre la loi », et lut ensuite celle-ci, prononcée par quelqu'un qui avait assisté à la scène : « Je n'ai jamais vu de garçons tant pleurer ! »

« Pour défendre la loi » était souligné deux fois.

Ça ne finira jamais, se dit-elle, en regardant dans la cour par la porte, sans s'arrêter pour mettre un nom sur cette chose qui ne finirait jamais. Elle referma le livre sur le crayon et le rangea sur une étagère, lava la tasse et remplit la cafetière d'eau. Le plus souvent, elle dormait tard le lundi, mais ce lever tardif continuait de la troubler exactement de la même manière que dans son enfance. Elle s'éveillait maintenant, comme alors, dans un léger malaise, avec l'impression d'avoir trouvé prise juste à temps pour ne pas tomber. Le lundi avait toujours été terriblement problématique – elle avait une fois essayé de rester éveillée toute la nuit, afin de prévenir la présence maternelle menaçante et implacable sur le pas de sa porte – mais s'était endormie juste avant l'aube, pour être réveillée deux heures plus tard par sa mère qui tapait des mains au-dessus de son lit, impitoyable, le visage encore luisant de sa toilette matinale, en blouse d'intérieur amidonnée, répétant encore et encore : « L'avenir appartient à ceux qui se lèvent tôt. » Trente années s'étaient écoulées depuis ces applaudissements ironiques ; elle n'avait pas encore découvert la nature du trésor auquel les paroles de sa mère avait voulu autrefois lui faire croire. Posséder l'avenir signifiait peut-être avoir le pouvoir tyrannique de réveiller les autres.

De l'autre côté de la cour, un homme l'observait. Elle lui renvoya son regard à travers l'espace ensoleillé qui les séparait, sans être consciente d'avoir les yeux vraiment levés vers lui, jusqu'au moment où elle vit son sourire, vit le tee-shirt qui descendait juste sous le nombril, vit les mains de l'homme, jointes devant son bas-ventre, se séparer lentement. Elle se détourna aussitôt, en pensant, voilà ce qu'il possède, lui. Puis, jetant un coup d'œil derrière elle, elle s'aperçut qu'il tenait maintenant un bébé dans ses bras, qu'il l'embrassait dans le cou avec une intensité qu'elle pouvait presque sentir contre le sien.

Dans la maison de sa mère, les avantages dont elle bénéficiait étaient énumérés chaque jour, catéchisme sans joie auquel (son père ayant renoncé à toute forme de prêche) elle devait prendre part, même si ce n'était que par un « oui » rituel répondant à sa mère qui martelait : « Tu as de l'espace, de la bonne nourriture, des chaussures neuves, une chambre à toi, des jouets, des vêtements propres, une bonne éducation, un milieu favorable... » Et la petite Sophie avalait nerveusement ses grains de raisin en criant : « Oui, oui, oui... » Quelquefois le dimanche, à la demande expresse de sa mère, ils montaient tous les trois dans la Buick et roulaient jusque-là où les « pauvres » vivaient. C'était tout à la fin de la Grande Dépression, mais dans ces rues, la Grande Dépression ne pouvait prendre fin. La mère de Sophie conduisait avec une efficacité inattaquable, la tête bloquée en position comme une pièce d'artillerie, les yeux droit devant, triomphant en silence. Quand elle parlait des « pauvres », elle parlait vraiment des pauvres.

Qu'avait ressenti Otto en lisant ces lignes, cette nuit-là ? Est-ce que la pendaison des jeunes garçons l'avait horrifié ? Mais pourquoi avait-il souligné ces mots ? Voulait-il dire que l'horreur de la loi tient en ce que l'on doit la défendre ? Ou avait-il pensé à lui, à son besoin d'ordre ? À moins que ce double soulignage n'ait exprimé une certaine ironie. Ou qu'il ne vît dans la loi qu'une forme de cette pulsion de violence qu'elle était censée réprimer. Ils étaient mariés depuis quinze ans. Que savait-elle de ce qu'il pensait ? Elle le connaissait dans la compacité de leur vie commune, mais pas en dehors d'elle.

« Qu'est-ce que tu fais debout si tôt ?

— Je bois », répondit-elle. Otto bâilla puis découvrit la bouteille de whisky qu'elle avait à la main.

« Oh, tu es vraiment en train de…

— C'est très bon le matin, dit-elle. Bien meilleur que dans les réceptions.

— Montre-moi ta main. »

Elle la lui tendit pour qu'il l'examine. « Elle est complètement désenflée, on dirait… Ça n'a pas l'air mal du tout, annonça-t-il.

— Tu as la tête d'un type qui a fait la foire, dit-elle. Tu es resté éveillé toute la nuit ? » Elle commença à mettre la table pour le petit déjeuner.

« Pendant un moment. J'ai lu et je me suis fait du thé. Puis je suis retourné me coucher, puis le bébé a crié... ce ne sont pas les résultats des analyses qu'ils vont faire au chat qui t'angoissent, quand même ? Je ne t'ai jamais vue debout si tôt depuis le début de notre mariage.

— Est-ce que je me levais avant toi ? » demanda-t-elle, surprise, comme s'il venait de lui apprendre une nouvelle incroyable et lourde de conséquences.

Il se versait du café.

« Tu es inquiète ? Tu es encore inquiète ? demanda-t-il, oubliant apparemment la question qu'elle lui avait posée.

— Je le serai probablement jusqu'à ce qu'ils appellent.

— Mais ils n'appelleront pas, Sophie.

— Tu te rends compte de l'indifférence, de la cruauté dont ils font preuve ! Je dois attendre jusqu'à midi sans un mot d'eux. Puis, une minute plus tard, je suis censée savoir que tout va bien.

— Je déteste ce jus d'orange congelé...

— Quelle loi fallait-il défendre ? » demanda-t-elle.

Il se frotta vigoureusement le visage des deux mains, comme il le faisait toujours le matin avant de se raser, et lui lança un regard ébahi.

« De quoi parles-tu ?

— D'une phrase que tu as soulignée dans le livre que tu lisais cette nuit. Je l'ai trouvé là sur la table avec ton crayon rouge. »

Il la regarda pensivement, puis reposa le pack de jus d'orange qu'il avait commencé d'ouvrir. « On ne défend jamais la loi, répondit-il enfin. Elle est un processus et non un absolu. Il me faudra toute une vie pour le comprendre.

— Ces enfants pendus étaient des absolus », déclara-t-elle, amère. Puis elle ajouta, pleine d'animosité : « Il y a une chose que je sais sur ce qui te différencie de Charlie. Lui ne va pas passer ses journées à méditer la nature de la loi ! » Mon Dieu, qu'avait-elle dit ? Elle était profondément en colère, mais ses paroles… elles les avait voulues définitives, bouleversantes, cataclysmiques. Et n'était arrivée à prononcer que ce galimatias.

« Tu as raison, dit Otto d'un ton neutre. Charlie ne va pas méditer quoi que ce soit. J'ai envisagé de lui envoyer un télégramme – à son nouveau QG. Je voulais lui écrire : "Félicitations. Tous mes vœux de succès !" » Il lui lança un regard froid, triste, puis s'éloigna dans l'entrée d'un pas lourd, mais revint bientôt, le journal à la main.

« Tu crois que j'aurais fait pendre ces enfants ? demanda-t-il.

— Je ne sais pas, répondit-elle.

— Et moi, je ne sais même pas ce que j'aurais éprouvé. De toute façon pas la même chose selon que j'aurais été, en 1790, catholique ou protestant. »

Elle gémit bruyamment, puis cogna le beurrier en le posant. La haine qu'elle ressentait était si inattendue, si puissante, qu'elle eut l'impression de s'être jetée sur lui par-dessus la table. Il vint très vite vers elle, posa la main sur son bras.

« Sophie…, dit-il doucement. Je serais incapable de pendre un chat… Qu'est-ce qu'il y a ? Mais qu'est-ce qu'il y a ?

— Je vais m'habiller », murmura-t-elle en détournant son visage de Méduse, qu'elle avait senti défiguré par la détestation qui l'avait possédée avec une telle rapidité et qui, maintenant, se retirait tout aussi vite.

Pendant le petit déjeuner, ils évitèrent de se regarder. Ils lurent le journal, échangèrent les pages sans commentaires.

Juste avant qu'il parte, Sophie lui demanda s'il pensait que Charlie serait au bureau ce jour-là. Il espérait que non.

Charlie avait eu tout le temps qu'il fallait pour enlever ses affaires. Personne n'organiserait de pot d'adieu. « C'est ainsi que les choses prennent définitivement fin, dit-il.

— J'aurais aimé que tu puisses rester là, demanda-t-elle, l'air abattue.

— Je le ferais... si c'était vraiment nécessaire.

— Nécessaire ! »

Il attrapa sa serviette, lui lança un regard totalement exaspéré et s'écria : « Ça suffit, Sophie ! » et referma la porte sur tout ce qu'elle aurait pu répondre.

Il était huit heures trente.

Elle se sentait furieuse qu'il soit parti, en la laissant dans cette entrée glacée, suppliant encore en silence qu'un incident quelconque l'oblige à revenir, qu'il ait oublié quelque chose, et qu'après avoir ouvert la porte il ne voie plus aucune raison de repartir. Elle attendit même plusieurs minutes, suspendue en avant, à écouter. Il était comme tout le monde, stupidement inflexible, considérant ses actes comme le produit de lois naturelles inexorables. Qu'il aille au diable ! Il l'avait mise dehors, à l'intérieur de la maison !

Mais il aurait été totalement ridicule qu'il reste. Tous les deux, à tourner en rond en attendant que le téléphone sonne... Le chat, madame, avait la rage... Vous devez vous rendre au Service de santé.

Était-ce de cet appel qu'elle avait peur ? Ou de savoir qu'elle refuserait la série de piqûres ? Était-ce pour cela que, contre toute logique, tout conseil rassurant et toute statistique, elle continuait de ne croire à rien d'autre qu'à l'événement lui-même ? Et que cette certitude effrayante que le téléphone allait sonner avant midi ne naissait ni de la raison ni des systèmes qu'elle produisait, mais constituait une évaluation catastrophique de ce qu'était sa vie ?

« Mon Dieu, si j'ai la rage, je suis semblable au monde qui m'entoure », dit-elle tout haut, et elle se sentit extraordinairement soulagée, comme si, enfin, elle avait découvert ce qui pouvait créer un équilibre entre le cours tranquille et plutôt vide des journées qu'elle passait dans cette maison, et ces mauvais présages qui illuminaient l'obscurité à la lisière de son existence.

Elle nettoya la cuisine, en se répétant encore et encore, il faut que je réfléchisse.

Réfléchis, ordonna-t-elle au reflet que lui renvoyait le miroir de la salle de bains. Puis elle se couvrit le visage d'une crème qui coûtait vingt-cinq dollars les cent grammes. Elle observa la vigueur terrible et irréversible des cheveux blancs qui se frayaient durement leur chemin au milieu des cheveux noirs. Sa bouche s'amollissait, devenait ambiguë ; la ligne nette de son menton s'effaçait derrière un subtil renflement de la chair. Elle essuya la crème et se lava rapidement le visage au savon. Quand elle se regarda à nouveau dans la glace, nettoyée, les joues et le front nus comme un corps peut être nu, elle s'adressa un sourire vainqueur, espérant retenir le jugement qu'elle sentait monter en elle, dans le sillage de cette inspection, contre sa surface dépérissante. Mais le jugement – quel qu'il ait été – s'évanouit avant qu'elle ne puisse s'en saisir.

Ce qu'elle vit, l'espace d'un instant : dans ses yeux, les énergies vaincues de son père, et s'y mêlant, la puissance têtue des traits de sa mère, le tout mystérieusement transformé en ce qu'elle était, elle. Elle toucha la glace, doigt contre doigt de verre.

Le téléphone sonna. Elle se dirigea vers lui sans hâte. Elle n'attendait rien maintenant.

C'était Tanya, une célibataire que Sophie connaissait

depuis des années, et qui l'appelait de temps en temps. Elle venait probablement de rompre avec un homme, ou d'en rencontrer un nouveau. Elles ne se voyaient plus que rarement, bien qu'il eût existé entre elles autrefois une sorte de lien, peut-être une sensibilité commune. C'était à l'époque où Sophie était encore plongée dans la traduction et avait rencontré, par le biais de son travail, un certain nombre de gens qui lui avaient alors semblé intéressants. Tanya était la seule dont elle continuait à avoir des nouvelles. Elle avait travaillé, et travaillait toujours, pour une agence de presse française et avait autrefois écrit un court essai sur *Adolphe* publié par une revue trimestrielle qui pesait trois tonnes et avait disparu au cinquième numéro, tuée peut-être par son excès de poids. Malgré son style excentrique et précieux, Sophie avait été frappée par la vigueur de cet écrit, une force emplie d'une chaleur incroyable en regard du personnage froid, maigre et vieillissant qu'était Tanya. Elle était chez elle, aujourd'hui, se remettait d'un rhume et avait soudain pensé à Sophie, disait-elle, s'était demandé comment elle allait, si elle travaillait à quelque chose, elles ne s'étaient pas vues depuis si longtemps, et qu'est-ce qu'elle lui conseillait pour cet été, le Pérou ou le Mexique ? Mais avant que Sophie puisse répondre, Tanya se mit à lui raconter la dernière d'une invraisemblablement longue série de liaisons.

Sophie se laissa tomber sur le lit, agrippée au combiné, les yeux fixés sur les aiguilles du réveil de la table de chevet. Il y avait eu tant d'hommes dans la vie de Tanya – elle était comme une capsule temporelle où ils déposaient des messages devant être lus dans la poussière des siècles à venir. Aucun d'entre eux n'avait, apparemment, réussi à atteindre cette vraie fille de sa mère. Elle restait ce qu'elle avait toujours été, une voix d'oiseau dans l'appareil, habillée pour sa convalescence,

Sophie en était sûre, d'une robe d'intérieur chère et peu seyante, implacable, imperturbable, terriblement virginale. Elle est folle, pensa Sophie. Ni pute ni frigide – tout simplement givrée.

« Sa femme est une péquenaude, disait Tanya. Le pauvre petit animal rampe dans mon lit comme s'il s'agissait de la cathédrale de Chartres. Tu imagines qu'il a repeint tout mon appartement ! Trois couches ! Il a de l'arthrite au poignet, pourtant, mais il sait à quel point je suis fauchée et mes murs avaient cette fameuse couleur du désespoir new-yorkais, alors il l'a fait lui-même. C'est un adorable petit animal…

— Pourquoi ne fais-tu pas une retraite de six mois ! l'interrompit Sophie d'une voix tonitruante. Est-ce que tu te rends compte de ta bêtise ? Tu crois que, parce que le mari d'une autre te bourre, tu as gagné ! Espèce de pauvre stupide vieille peau avachie ! Qui crois-tu tromper ? »

Seigneur, l'avait-elle tuée sur le coup ? Il n'y avait plus le moindre bruit à l'autre bout du fil, pas un souffle, rien. Sophie tremblait, les mains moites. Puis elle entendit une espèce de sifflement qui devint mots, qui se déversa comme du liquide, comme des dents cassées recrachées d'une bouche blessée.

« Espèce… de sale… conne ! » dit la voix. Sophie laissa retomber le combiné sur sa base.

Elle nettoya la maison de fond en comble, détournant son esprit du stupéfiant échange qui venait de se dérouler au téléphone, et de sa propre explosion de fureur, concentrant maintenant toute son attention sur la cire anglaise parfumée à la lavande avec laquelle elle astiquait les meubles.

L'heure de pointe du matin était passée. Tout était calme, dehors, dans la rue. Mais cette paix était trompeuse. Car un siège avait lieu : il avait commencé depuis longtemps, cependant les assiégés eux-mêmes avaient été les derniers à s'en préoccuper. Nettoyer au jet le vomi des trottoirs n'était qu'une mesure temporaire, une bonne intention. Les lignes ennemies se resserraient – Mike Holstein le savait, quand il avait ramassé cette pierre dans sa chambre – mais il était presque impossible de les localiser.

Sophie se fit une tasse de café serré et s'assit à son bureau dans la chambre. Elle devait écrire à sa mère avant que l'impulsion s'éteigne, avant qu'il soit trop tard. Elle avait quelque chose à lui dire, cette fois, une histoire pour remplir le vide de la page, pour démentir le réel silence qui s'était installé entre elles quand Sophie avait quitté leur maison, après s'être réveillée une dernière fois sous ces applaudissements qui la narguaient. Elle lui parlerait du chat; sa mère aimerait ça. Elle décrirait l'incident de manière à faire résonner la note exacte qui provoquerait le dédain et l'hilarité de la vieille dame.

Elle prit du papier et une enveloppe dans un tiroir. Elle remplit à une petite bouteille de cristal qui se dressait sur sa griffe d'argent le vieux stylo plume à réservoir qu'Otto avait trouvé pour elle chez un antiquaire. Le pied de sa chaise de bureau était coincé dans les franges du tapis et au moment où elle se penchait pour le dégager, elle entendit le bruit d'une clé dans la serrure. Elle se leva et, surprise, regarda le réveil. Il était quelques minutes avant midi. Les pas d'Otto résonnèrent dans l'escalier; puis il entra dans la chambre.

« Je me suis occupé de deux ou trois choses, puis je me suis organisé pour rentrer directement à la maison », dit-il. Il avait l'air très fatigué. « J'allais t'appeler pour te prévenir, puis j'ai pensé que la sonnerie du téléphone t'effrayerait. Tu aurais pu croire que c'était à propos du chat, que finalement il avait bien la rage. C'était horrible, dans le métro. J'étais comme un fou… J'ai quitté le bureau à dix heures et demie et il m'a fallu tout ce temps pour arriver. C'étaient des jeunes, ils se sont déchaînés. Ils ont brisé des vitres et… des jeunes ! » Il répéta ces derniers mots, plein d'amertume. « Alors les trains ont tous été retardés. Je ne savais pas quoi faire.

— Tout va bien, dit-elle. La SPA n'a pas appelé, bien sûr. Je suppose qu'ils vont se débarrasser tout de suite du chat. Comment font-ils ? Ils l'étranglent ? Mais quelqu'un a téléphoné. Tanya. Ça a commencé comme toute nos conversations. Puis j'ai craqué. Voilà, je lui ai dit que j'en avais marre. Elle m'a traitée de sale conne. »

Otto tressaillit. Il n'aimait pas ça. Sophie se mit à rire. « Oh, c'était l'adjectif qui convenait, “sale”, exactement ce qu'elle voulait dire. Elle est comme les homos, tu sais. Arrête de prendre cette tête ! Je me suis sentie mal ensuite, mais ça n'a pas duré plus d'une seconde.

— Qu'est-ce que tu as fait depuis que je suis parti ?

— Rien de passionnant. J'allais écrire à ma mère. J'ai pensé à quelque chose que je pouvais lui raconter. » Il la dévisageait.

« Je suis heureuse que tu sois rentré », dit-elle.

Sur le bureau, le téléphone sonna. Il tendit le bras, un peu à contrecœur. Elle secoua la tête et posa sa main sur l'appareil. « Je sais bien qu'ils ne vont pas appeler maintenant, dit-elle d'un ton irrité. Je le sais très bien. » Elle décrocha.

« Sophie ? Est-ce que Otto est là ? demanda Charlie Russel. J'ai téléphoné au bureau et on m'a dit qu'il était rentré. Il faut que je lui parle.

— Un instant. » Sophie tendit le combiné à Otto. « C'est Charlie. »

Otto s'ébroua comme un chien mouillé. « Non, non ! Je ne veux pas lui parler.

— Il ne veut pas te parler, répéta Sophie dans l'appareil.

— Il le faut, hurla Charlie. Il y a des milliers de choses… pendant combien de temps est-ce qu'il va continuer à se défiler ? Et les contrats en cours ? Passe-le-moi ! » Elle tendit à nouveau le combiné. Otto l'ignora. Ils entendaient tous deux la voix de Charlie, amenuisée comme le cri d'un insecte.

« Je suis à bout ! grinça le trou noir rond.

— Il est à bout ! » s'exclama Otto. Son regard angoissé s'arrêta soudain sur la bouteille d'encre qui était posée sur le bureau de Sophie. Son bras se détendit, il l'attrapa et la balança avec violence contre le mur. Sophie laissa tomber le combiné par terre et courut vers lui. Elle le serra si fort dans ses bras que, pendant un instant, il ne put plus bouger.

Dans le téléphone, la voix continuait de siffler, comme une fuite de gaz dans un tuyau. Sophie et Otto avaient cessé d'écouter. Les bras de Sophie glissèrent des épaules d'Otto, ils se tournèrent ensemble lentement vers le mur, tournèrent jusqu'à voir tous les deux l'encre couler en lignes noires vers le sol.